I0637386

PANÉGYRIQUE

DE

SAINT LOUIS.

ROI DE FRANCE,

Prononcé dans la Chapelle du Louvre

Le 25 Août 1772.

EN PRÉSENCE

DE L'ACADÉMIE FRANÇOISE:

Par M. l'Abbé Maury, Chanoine, Vicaire Général, & Official de Lombez.

A PARIS

Chez LE JAY, Libraire, rue Saint Jacques, au-dessus de celle des Mathurins, au Grand Corneille.

M. DCC. LXXII.

PANÉGYRIQUE

DE SAINT LOUIS.

Super folium sedebit ut confirmet & corro-
boret illud in judicio & justitiá, amodò
& usque in sempiternum.

Il sera assis sur le Trône, & il possédera
son Royaume pour le fortifier & l'affermir dans l'équité & dans la justice, depuis ce temps jusqu'à jamais.

Isai. 9.

QUOIQUE tous les Princes semblent
recevoir les mêmes hommages sur la terre,
l'histoire met un immense intervalle entre
les adulations que l'intérêt prodigue à la
puissance, & le tribut de gloire que la re-
connoissance décerne à la vertu. Lorsque
la grandeur n'est fondée que sur de vains
titres, elle ne brille qu'un instant, & les

A ij

Rois qui n'ont été que Rois pendant leur vie ne font rien après leur mort ; mais lorfqu'un Souverain eft vraiment digne du Trône , lorfqu'il ne régne que pour la gloire de la religion & le bonheur de fes fujets , fon nom confacré par l'amour devient plus cher & plus grand de génération en génération ; & les bénédictions qu'il recueille d'âge en âge , forment une efpèce de culte univerfel qui lui affûre la tendreffe de tous les peuples & l'admiration de tous les fiècles. *fuper folium , &c.*

Quel Prince a mieux joui des avantages de la vraie Grandeur que celui dont l'Eglife célèbre en ce jour la mémoire ? Nous pouvons compter les années qui fe font écoulées depuis fa mort, par les hommages folennels que la Religion & la Patrie lui ont rendus. Affez courageux pour entreprendre de créer fon fiècle, SAINT LOUIS étendit par fa Légiflation l'influence de fon règne fur tous les fiècles. Ce Monarque religieux dont chaque action rappelle un devoir de la Royauté, réduifit la politique à l'équité la plus févére ; il ab-

baiſſa devant la Loi l'autorité de ſes Vaſſaux & la ſienne propre ; il eût une droiture
généreuſe & inflexible, un génie vaſte &
hardi, un caractère ferme & invariable. Il
fut Grand ſur le Trône par la Juſtice, qui
eſt la bienfaiſance des Rois ; il ſe ſignala
dans les armées par ſa valeur, dans la victoire par ſa modération, dans les fers par
l'Empire qu'il y conſerva ſur des barbares
dont il étoit l'eſclave. Après avoir aſſûré
le bonheur de ſes contemporains par ſes
vertus, SAINT LOUIS prépara le bonheur de
ſa poſtérité par ſes loix ; chaque ſiécle a
reçu de lui de nouveaux bienfaits, & il a
acquis des droits ſur la reconnoiſſance de
l'Europe entiére.

Sans deſcendre dans les détails des actions particulières de SAINT LOUIS, je m'at-
tacherai ſurtout aux grandes idées de ce
Prince dans ſon Gouvernement ; je le pein-
drai au milieu des préjugés & des abus qu'il
eût à combattre, & en racontant les mer-
veilles de ſon régne, j'expoſerai tout ce
que peut la Religion dans le cœur d'un
Roi pour la félicité de ſon peuple.

Je me souviendrai que SAINT LOUIS s'est sanctifié en Roi, que l'Évangile lui imposoit comme la plus indispensable de ses obligations, son éxactitude à remplir les devoirs de la Royauté, que toutes les vertus de ce Prince furent consacrées par les motifs surnaturels de la foi, & en terminant l'éloge d'un Souverain dont la gloire appartient au Christianisme, je m'écrierai avec confiance : voilà les Rois que forme la Religion !

C'est le propre du génie dans tous les genres d'amener des révolutions : je m'arrête à ces changemens heureux que la France doit à SAINT LOUIS, & voici mon dessein. Je montrerai SAINT LOUIS créateur de son siècle, SAINT LOUIS bienfaiteur de tous les siécles qui l'ont suivi : *super folium sedebit ut confirmet & corroboret illud in judicio & justitiâ*, AMODÒ *& usque in sempiternum.*

A M. M. de
l'Académie
MESSIEURS, les ouvrages éloquens des Orateurs qui m'ont précédé dans cette Chaire & la présence des premiers Écrivains de l'Europe me pénètrent du plus juste effroi; mais la supériorité de vos talens ranime mon

courage abbatu par le fentiment de ma foibleffe. Je fais que la médiocrité feule eft févère, & que le génie eft indulgent comme la vertu. Implorons &c.

PREMIERE PARTIE.

QUEST-CE qu'un Roi ? C'eft l'oint du Seigneur, le bouclier du foible, le fléau du méchant, l'arbître de l'opinion, la régle vivante des mœurs. C'eft un homme dont les devoirs font auffi étendus que fa puiffance, qui répond à Dieu d'un peuple entier, & participe par fes vertus à tous les honneurs dus au génie ; un homme qui fe fanctifie par fon propre bonheur, lorfqu'il rend fes fujets heureux, dont les actions font des éxemples, les paroles des bienfaits, les regards même des récompenfes ; un homme qui n'eft élevé au-deffus des autres que pour découvrir les malheureux de plus loin ; c'eft enfin une victime honorable de la félicité publique, à qui la Providence a donné pour famille une Nation, pour témoin l'Univers, tous les fiécles pour juges.

C'eſt d'après cet effrayant Tableau des devoirs de la Royauté que j'appelle avec confiance SAINT LOUIS un Grand Roi. Qu'étoit la France avant ſon régne ? Un corps ſans unité, ſans harmonie, dont tous les membres tendoient mutuellement à ſe diſſoudre ; un État régi moins en Royaume qu'en Fief, ſur lequel le Prince n'exerçoit qu'une autorité de Juriſdiction. Les Feudataires toujours diviſés entr'eux pouvoient encore faire la guerre au Roi, fondés ſur le droit public des Germains leurs ancêtres & ſur le fameux traité de Merſen conclu ſous Charles le Chauve. Le peuple étoit une armée, les Magiſtrats des gladiateurs, les Tribunaux des arênes, les (n°. 1) Guerriers des brigands qui ne ſavoient que dévaſter. Si nous jugeons des mœurs par les loix, je vois que Saint Louis défend de piller les biens, de maſſacrer les troupeaux, d'incendier les maiſons, de brûler les recoltes, & que par ces étranges précautions ſon Code accuſe ſon ſiècle. Guerrière dans ſa Religion, la France avoit inſtitué des ordres religieux Militaires, & depuis deux ſiècles les guerres mê-

IX. Or-
donn.

me étoient facrées ; guerrière jufques dans fes plaifirs elle aimoit à conferver fous fes yeux, dans les jeux féroces des Tournois, une image toujours préfente des batailles. Tout étoit frontière, fortereffe, tour, foffé, rempart, champ clos, fous ce Gouvernement Anarchique & barbare dont l'Hiftoire nous raconte une multitude d'exploits fans nous préfenter un véritable Héros; où l'homme étoit devenu une propriété de l'homme; & qui offroit le fpectacle des deux plus terribles fléaux qui puiffent attaquer la Monarchie, un Roi fans pouvoir, & un peuple fans liberté.

A ces contradictions générales que la France oppofoit à un Légiflateur, la Providence ajouta d'autres obftacles particuliers à SAINT LOUIS. Recommandé par fon pere à ce brave Montmorency(*n°*. 2) qui porta fi glorieufement l'Épée de Connétable fous trois regnes, il fe vit prefqu'en naiffant orphelin & Roi. Blanche de Caftille, Reine ambitieufe par tendreffe pour fon fils, & qui fût gouverner par la foupleffe de fon caractère autant que par l'af-

cendant de ſes charmes, Blanche de Caſtille
(*n°. 3*) éleva le jeune Louis dans les principes de la Religion, & dans les mœurs de
la Chevalerie, loin des flatteurs & dans
la crainte de celui, qui ſelon la ſublime
expreſſion du Prophête, *fait de tous les
Rois de la terre un faiſceau & le jette
dans l'abyme.* (*a*) Le Roi d'Angleterre
devenu maître de nos plus belles Provinces
enveloppant le Domaine de la Couronne
par ſes poſſeſſions, & ſe hâtant pour s'em-
parer du Trône de conquérir l'Iſle de France, qui reſtoit preſque ſeule à nos Rois;
nos grands Barons, ſes vaſſaux, s'uniſſant
à lui, preſſant avec inſtance l'élection d'un
nouveau Monarque & offrant le Sceptre à
ce fameux Enguerrand de Coucy, d'autant
plus redoutable qu'iſſû du ſang des Rois,
il étoit dévoré dès long-tems de la ſoif de
regner. Un enfant Roi; une Régente en
France, choſe inouie juſqu'alors chez des

[*a*] *Et ſuper reges terræ qui ſunt ſuper terram, & congre-
gabuntur in congregatione uniùs faſcis in lacum.* Iſa. Cap.
24. V. 21 & 22.

peuples guerriers qui avoient exclu ce fexe du Trône ; un Etranger principal Minif-tre (*) ; l'Etat bouleverfé par une multitude de factions, & les Princes du Sang à la tête des rebelles : voilà les prémices du regne de Saint Louis.

J'apperçois parmi les Chefs des fédi-tieux (a) le Comte de Boulogne, oncle du Roi, factieux fans objet, irréconcilia-ble fans haîne , & qui doit paroître grand fi l'on prend les agitations d'un caractère inquiet pour les mouvemens d'une amc forte ; le Comte de Champagne, Thibault, Poëte Chevalier, qui puniffant Louis des vertus de Blanche lui fufcitoit tous les jours de nouveaux ennemis; le Comte de Touloufe, le fameux Raimond qui après avoir effuyé les calamités de la per-fécution , en exerça lui-même les fureurs & fouilla fes malheurs par fes cruautés; en-

[a] Ils avoient fait le ferment au Siége d'Avignon fous Louis VIII, de défobéir au jeune Souverain , & ils s'étoient ligués par une confédération publique, *contre tous hommes venus & à venir.*

fin le Duc de Bretagne, Pierre de Dreux, toujours battu, jamais foumis, accoutumé à déclarer la guerre à fes voifins comme s'il avoit propofé un duel à fon rival, & qui fatisfait de combattre, ne favoit ni commander, ni obéir, ni vivre en paix, ni vaincre.

Louis dans fa douzième année en butte à tous ces grands Vaffaux & à la multitude de Bannerets qu'ils entraînoient dans leur rebellion, tente vainement la voie de négociations pour les affervir, & il eft forcé de dompter par fes armes des ennemis trop féroces pour céder à fes vertus; mais Dieu dit alors à ce jeune Monarque ce qu'il annonçoit autrefois à Ifraël par l'organe d'Ifaïe : *Ne crains rien, je combattrai avec toi, ma droite fera ton appuy, tu réduiras les collines & les montagnes en poudre, tu chercheras ces hommes qui s'élevoient contre toi & tu ne les trouveras point, & tes ennemis feront devant toi comme s'ils n'avoient jamais été* (a). Plein de con-

_____

[a] *Et tu Ifraël ferve meus... ne timeas quia ego tecum fum... Et fufcepit te dextera jufti mei... Triturabis montes*

fiance dans la protection du Ciel, & dans la Juſtice de ſa cauſe, LOUIS va s'affranchir par des victoires ou s'enſevelir avec honneur ſous les débris du Trône. Au milieu d'un rigoureux hiver il emporte d'aſſaut les plus fortes places, il s'empare de Belleſme. Plus grand à Taillebourg que Philippe Auguſte à Bouvine, il terraſſe les forces réunies du Roi d'Angleterre, du Comte de la Marche, des rebelles de Poitou; mais ſa véritable gloire ne commence qu'a-près leur défaite; il pardonne à ſes enne-mis, ſi toutefois l'on peut donner un nom ſi modéré à des traîtres qui combattoient LOUIS avec le poiſon (n°. 4) & les aſſaſſinats. Aprèss'être ſignalé par de nouveaux prodiges de valeur ſur les bords de la Charente, il rentre dans ſa Capitale à l'âge de quinze ans, également célèbre par ſes exploits & par ſa clémence. La rebellion eſt étouffée, le Trône eſt affermi, la France reſpire,

---

& comminues; & colles quaſi pulverem pones... Quæres eos & non invenies, viros rebelles tuos: erunt quaſi non ſint & veluti conſumptio homines bellantes adverſum te. Iſa. Cap. 41. v. 8. 10. 11. 12. 15.

& l'humanité qui déjà voit un Héros, attend un Roi.

Si je louois un de ces Princes guerriers
si communs parmi les Souverains, je m'ar-
rêterois à ces triomphes militaires, à ces
grandes obséques des Nations décorées du
nom de combats; mais qu'est - ce qu'une
bataille gagnée dans la vie d'un Roi?
Un jour de succès & de deuil, où un
immense tombeau est couvert de trophées.
C'est aux Rois Légiflateurs à policer les
Nations lorsqu'elles ont été plongées dans
la barbarie par des victoires.

Rapprochés à préfent dans vos efprits,
MESSIEURS, ce double tableau du Gouvernement François, & de la crife violente
qui agitoit l'État au moment où SAINT
LOUIS montoit fur le Trône. Voilà le point
d'où il part, feul & fans autre reffource que
fon génie, pour faire une révolution dans
fon fiècle. Comment s'élevera-t-il au-deffus
des préjugés de fa Nation? Il faut éclai-
rer le peuple, le civilifer, le foumettre:
former des Généraux, ou plutôt établir
une difcipline militaire; inftituer des Ma-

giftrats, c'eft peu, créer des Loix, des Tribunaux; difons plus, transformer en fujets & même en foldats cette multitude innombrable de brigands indomptés. Si Saint Louis voyoit languir fa Nation dans les ténèbres de la barbarie, & le jour de la raifon luire hors de fes États fur des peuples plus fortunés, il iroit chercher les découvertes utiles & apprendre à être Roi; mais la nuit eft générale, les tems prédits par le Prophête font arrivés. *Tous les Souverains fe font endormis dans leur gloire (a).* Eh quelle gloire ! non-feulement les principes du Gouvernement font ignorés; non-feulement il n'éxifte entre les peuples aucune communication de lumières; mais les efprits abrutis & comme déchus de la faculté de penfer femblent réduits à l'inftinct, & il n'y a pas même encore une feule langue formée dans l'Europe entiere.

Le fentiment profond de l'amour de l'humanité embrafe Louis; il ne laiffera

[a] *Omnes Reges gentium, univerfi dormierunt in gloriâ.* Ifa. Cap. 14. v. 18.

point fuccomber fon courage à la vue des difficultés qui l'environnent. Par-tout où il jette un regard il découvre des abus ; le défordre eft univerfel, & le fanctuaire même eft profané par l'ignorance & la diffolution. Louis force d'abord le Clergé de fe réformer par la difcipline févère des anciens Canons ; mais tandis que tout lui demande ou une création abfolue ou de prompts changemens, la foi feule n'a pas befoin d'être épurée. C'eft en effet, l'un des plus beaux priviléges de la Religion Chrétienne de n'avoir point connu ces progrès lents, ces variations fréquentes qu'ont fubis tous les ouvrages humains ; & d'avoir atteint fans effort dès fon berçeau la perfection qu'elle offre encore aujourd'hui à l'admiration de l'univers. Au milieu de cette difette générale de principes & de fecours, les leçons de la politique auroient égaré LOUIS ; la Religion alluma devant lui fon flambeau, & il trouva dans les livres Saints les premiers germes des grandes vérités qui fondent les devoirs des Rois. Eh ! où les Souverains pourroient-ils puifer des notions
plus

plus utiles que dans ces Livres facrés ; que les loix des Hébreux ordonnoient aux Rois d'écrire de leur propre main pour les méditer enfuite tous les jours de leur vie (*a*). Je me borne à un feul éxemple, Messieurs; lorfque Dieu choifit Jacob pour être le Chef de fon peuple, il lui ôta fon nom & lui donna d'avance le nom de la Nation fur laquelle fes defcendans devoient règner, pour lui apprendre qu'il ne devoit plus éxifter pour lui-même, mais fe facrifier pour tous les hommes dont il devenoit le Souverain. Autrefois tu t'appellois Jacob, déformais tu ne porteras plus que le nom d'Ifraël. *Ultrà non vocaberis Jacob, fed Ifraël erit nomen tuum.*

Gen. cap.
35. v. 10.

Fidèle à cette alliance folennelle qu'il a contractée avec fa Patrie en montant fur le trône, Louis fait que les peuples ne fe font donnés un Roi que pour avoir un père; il fe dévoue aux pénibles fonctions de la

---

[*a*] *Poft quam federit in folio regni fui defcribet fibi Deuteronomium legis hujùs in volumine, accipiens exemplar d Sacerdotibus leviticæ tribùs, & habebit fecum, legetque illud omnibus diebus vitæ fuæ.* Deuter. Cap. 17. v. 18 & 19.

B

Souveraineté. Ses victoires lui ont acquis
un nouvel afcendant fur une noblefſe guerrière qui ne fait plus refufer fa confiance
à un Héros, & le flambeau des difcordes
civiles s'éteint pour ne fe plus rallumer.
A peine notre Saint Monarque jouit-il de
ce calme heureux qu'il commence à policer par l'éxemple de fes vertus une Nation qui ne favoit admirer dans fes Rois
que la gloire des exploits Militaires ,
& qui n'exigeoit plus rien de Louis, depuis
qu'il avoit gagné des batailles. O François! que votre admiration fe réveille : voici
un nouveau genre d'héroïfme , l'héroïfme
de la Juftice! Le Comte de Dammartin n'a
pour titre de fon Fief qu'un diplôme dont
le fceau a été brifé par le tems; le Confeil du Monarque l'invite vainement à une
confifcation juridique : Louis eft jufte , les
droits de la propriété font refpectés. Sé-
duit par fon ambition, un Pontife ofe offrir l'inveftiture de l'Empire au Duc d'Anjou;
(n°. 5) mais Louis rejettera ce préfent comme
un outrage, & il répondra qu'*il eft affez
glorieux pour ce Prince d'être le frere d'un*

Roi de France. Qu'un fujet obfcur vo/e
fes biens envahis par un autre frère du Monarque , & qu'il cherche vainement parmi
fes concitoyens un homme affez courageux pour défendre fes droits ; Louis va
faire rougir fa Nation de l'avoir méconn-
nu , il prononce lui-même la condamna-
tion du premier Prince du Sang, qui fuc-
combe , fous les ~~Droits~~ d'un Laboureur.

+ fous la jufte cause.

Quand je dis que Saint Louis fut jufte , je
ne parle point , Messieurs, de cette juftice lente & cruelle qui confume par fes
délais l'infortuné qui l'invoque ; de cette
juftice indolente qui craint d'approfondir fes
devoirs, & s'enveloppe de l'ignorance pour
fe garantir du remords ; de cette juftice
inéxorable qui compte toujours avec les
malheureux, confulte la loi qui ne parle
qu'au Citoyen , & n'écoute jamais
le fentiment , le véritable Légiflateur de
l'homme vertueux. Animé par l'efprit du
Chriftianifme , Saint Louis fut jufte avec
courage. Ce Prince religieux ne veut
point participer aux ufurpations de fes an-

cêtres ; il éxamine fes droits au Tribunal
de fa confcience avec autant de févérité
que fes propres actions. Perfuadé que toute
la politique d'un Prince doit être dans fon
cœur, que les Rois doivent porter comme
les autres hommes, & plus que les autres
hommes, le joug falutaire de l'Evangile, il
fut Chrétien en Roi, & il apprit à fon
fiècle qu'on ne pouvoit pas choifir auprès
de lui un arbitre plus févère que. lui-
même. Lorfque le Roi d'Angleterre a
voulu foutenir fes prétentions par fes armées, LOUIS a oppofé la force à la force,
mais après l'avoir défait, il pèfe fes droits
dans la balance de la Juftice, & il cède
cinq provinces à ce même Monarque Anglois, qui n'avoit pû lui enlever une feule
de fes places. Ne nous arrêtons pas, MES-
SIEURS, au fpectacle fi intéreffant pour la
vertu, d'un Roi victorieux qui reftitue vo-
lontairement des Etats conquis ; mais con-
fondons pour toujours ces politiques in-
fenfés qui ofent faire un crime à LOUIS d'a-
voir été jufte. *Je conquérrai la paix,*

difoit énergiquement ce grand homme , *je conquerrài la paix* (*a*) ; & cinquante années de paix entre la France & l'Angleterre furent en effèt le prix de ce facrifice inattendu.

Le moment du Légiflateur approche. C'eft déformais par fes loix que SAINT LOUIS veut régénérer fa Nation ; il conçoit que , privés du fecours de la Légiflation, les peuples font néceffairement malheureux fous des Rois fans génie ; au lieu qu'avec la reffource d'un Code , les Empires ne demandent plus au Ciel que des Rois vigilans. Déjà il parcourt fes Provinces où l'Hiftoire le fuit encore à la trace de fes bienfaits (*n°. 6*), comme les Juifs marquoient autrefois le paffage des Patriarches dans la Paleftine, par les Autels qu'ils y avoient élevés. Il voit de près les abus du pouvoir, les malheurs de l'innocence,

---

[*a*] » Je penfe, fait-il qu'en ce faifant je ferai moult
» bonne œuvre : car en premier lieu je conquerrai paix
» & en après , je le ferai mon homme de foi.
» *Joinville.*

& le dirai-je ? Les crimes des loix. Ce nouvel Efdras qu'on avoit vû à Royaumont courbé fous le poids des pierres qu'il portoit pour ériger un Temple au Seigneur, vifi-te les cabanes, *juge les pauvres dans l'é-quité* [a], *diffipe le mal d'un coup d'œil* [b], *& fon fouffle extermine les méchans* [c], femblable à l'Etre Suprême qui étant la Sainteté par effence, dit le Prophête, fe fanctifie encore par la Juftice, *Deus* Ifa. Cap. 5. v. 16. *Sanctus Sanctificabitur in Juftitiâ.* Su-périeur à toutes les paffions, acceffible & humain, fans pompe, fans gardes fous le Chêne de Vincennes, (*n°.* 7) où il vient juger les différends de fes fujets, il réunit à fes côtés fur cet humble gazon, de Nefles, Sargines, Pierre de Fontaine, le Comte de Soif-fons, Brienne, & Joinville. Pleins de confiance & d'admiration les Labou-reurs accourus des extrémités de la France aux pieds du Trône, n'y voyent qu'un Tri-

---

[a] *Judicabit in juftitiâ pauperes.* Ifa. Cap. 11. v. 4.

[b] *Rex qui fedet in folio judicii diffipat omne malum in-tuitu fuo.* Proverb. C. 20. v. 8.

[c] *Et fpiritu labiorum ejus interficiet impium.* Ifa. Cap 11. v. 4.

bunal! où sans délais, sans intermédiaires,
leur Roi, les interroge, les écoute, & les
renvoie dans les campagnes également at-
tendris de la bonté du Monarque, & sa-
tisfaits de l'intégrité du Juge !

Croire qu'il est dangereux de vouloir
tout ce qu'on peut, & restraindre son autorité pour l'affermir; faire respecter les
loix comme le bouclier commun du Souverain & du sujet; ne commander aux
hommes à l'éxemple de l'Etre Suprême
que ce qui tend à leur propre bonheur;
se préserver des erreurs d'une ignorance
présomptueuse, des écarts d'un amour
aveugle du bien & de cette prévention qui persécute la vérité, par l'a-
mour même de la vérité; connoître l'influence réciproque des idées & des mœurs;
miner sourdement les opinions dangereu-
ses, & chercher un espace où l'on puisse
creuser un lit pour écarter les préjugés;
appuyer la Majesté des loix sur la sévéri-
té des mœurs, & faire d'un Code un Ma-
nuel du Citoyen, où tous les jugemens
soient prononcés d'avance par le Texte

même de la loi. Tels font les devoirs de ces hommes extraordinaires deftinés par la Providence à fixer la Légiflation des Empires ; & tels font les caractères divers fous lefquels l'Hiftoire nous préfente Saint Louis Légiflateur de la France.

Quand je donne à Saint Louis le titre augufte de Légiflateur, je prends ce mot, Messieurs, dans fon acception la plus rigou-reufe. Le Code (n°. 8.) de ce Prince eft fon ouvrage, & fes Loix portent d'autant mieux l'empreinte de fon ame, qu'il n'eut pour les créer ni les reffources d'un Confeil, ni les lumières d'un Miniftre. Il s'approprie d'abord le Droit Écrit des Romains en le modifiant par fes Ordonnances, & fon éxemple eft bientôt imité dans toute l'Europe ; il ra-maffe les débris des Loix épars dans les Coutumes, & il évite, en réformant les abus, cette précipitation brufque qui change le mal fans le détruire. Louis jette un coup d'œil fur notre légiftation : qu'y apperçoit-il ? tous les excès de la licence confacrés par la Sanction des Loix. Nos peres avoient choifi pour Juges la force, le hazard, & même les élémens ; ces preux Chevaliers

ne croyoient pas que le Ciel pût permettre la
mort d'un homme juſte dans un champ clos ;
comme ſi le ſpectacle de la Société ne leur
eût pas montré tous les jours le crime heureux & l'innocence opprimée ; comme s'ils
avoient pû ignorer que Dieu trouvant la
vie du méchant trop courte, dédaigne de
le punir ſur la terre, & attend pour reta-
blir l'ordre, l'inévitable éternité. On citoit
en duel les enfans, les vieillards, les ma-
lades, les témoins, les Juges ; & on oſoit
appeller ces horribles combats, *les Jugemens de Dieu*. A la Loi, s'écrie LOUIS
avec le Prophête, à la Loi & au témoi-
gnage, *ad legem magis & ad teſtimonium*, Iſa.cap. 8.
& le glaive de la Juſtice brille bientôt à ^{v. 20.}
la place du fer des meurtriers. Le duel
aboli, Louis attaque d'autres Brigands qui
ravageoient ſes États par des concuſſions.
L'uſure avoit rendu plus féconds que la
terre même de ſtériles métaux condamnés
par le Créateur à ne pouvoir jamais ſe re-
produire ; Louis prémunit l'indigence contre cet appas trompeur, ſemblable à ces
ſources perfides, vers leſquelles le voyageur
altéré ſe précipite quand il eſt conſumé par

les ardeurs du Soleil, & qui n'étanchent ſa
ſoif qu'en lui donnant la mort.

Eh quoi ! dans une Monarchie qui compte
déjà une longue ſuite de Rois, les Loix n'ont
encore ni Sanctuaires ni Miniſtres ? Louis
conçoit que la Légiſlation ſans Tribunaux
n'eſt pas plus puiſſante que la Vérité ſans
défenſeurs ; les Temples de la Juſtice s'élé-
vent, & la Magiſtrature, Sacerdoce Civil
inſtitué par L O U I S, y prononce des
Oracles révérés. Les Capitulaires & les
Ordonnances, qu'on abandonnoit auparavant dans les archives du Souverain, ſeront
déſormais conſervées dans ces nouvelles
Cours ; Louis veut que ſa Nation devienne
dépoſitaire de ſes propres Loix. Que les cou-
pables acoutumés à ſe défendre par des récri-
minations ne bravent plus leurs accuſateurs
par des calomnies : ô Peuples ! il eſt, il eſt
enfin des Tribunaux ! Louis y a établi un Dé-
Les Pro- nonciateur public, qui pourſuit le crime au
cureurs gé- nom du Prince, ſurveille les Citoyens, les
néraux. Magiſtrats, les Jugemens, & eſt à la fois
l'homme du Peuple, du Souverain, & de
la Loy. *C'eſt la Juſtice de Dieu*, dit Louis
à cette Magiſtrature naiſſante, comme au-

trefois le Saint Roi Josaphat aux Juges d'Israël, *c'est la Justice de Dieu, & non pas la
mienne que vous allez exercer dans les Villes
de Juda ; craignez le Seigneur, ne soyez
séduits ni par les dignités, ni par les présens qui corrompirent Joël, Abia & Ber-
sabée?* (*a*) C'en est fait, le lien sacré du serment enchaîne au devoir ces Prêtres de la
Loi ; il ne leur est permis ni d'acquérir
des domaines dans leur ressort, ni de recevoir des présens, qui selon la sublime ex-
pression du Sage *arrachent* (*b*) *l'ame de celui
qui les accepte* (*c*). Non, ils ne dépouille-
ront plus les Citoyens par des Sentences
clandestines; Louis leur a défendu d'éxiger
des amendes qui n'auroient pas été publiquement prononcées. Également éloigné

---

[a] *Josaphat constituit Judices terræ in cunctis civitatibus
Juda munitis per singula loca, & præcipiens judicibus, videte,
ait, quid faciatis : non enim hominis exercetis judicium sed
Domini, & quodcumque judicaveritis in vos redundabit. Sit
timor Domini vobiscum. Non est apud Dominum iniquitas,
nec personarum acceptio, nec cupido munerum.* 2. Paralip.
Cap. 19. v. 5. 6. & 7.

(*b*) Sacy traduit, *ravissent.*

[c] *Qui dat munera, animam aufert accipientium.* Prov.
Cap 22. v. 10.

de tout excès dans fa Jurifprudence criminelle, notre Saint Légiflateur ne connut
ni cette févérité barbare qui outrage l'humanité pour punir le crime, ni cette pitié
plus barbare encore, qui perd un État pour
fauver un coupable ; mais dans l'égalité des
preuves le Code de SAINT LOUIS prononce
la grace de l'accufé, & nous y trouvons cette
maxime fublime, dont on n'a jamais recher-
ché l'Auteur, parce qu'elle femble appar-
tenir au fentiment éclairé par la raifon :

VII. Or-
don.
qu'*il vaut mieux pardonner à un coupable*
que de s'expofer à punir un innocent.

Parlerai-je du Commerce, qui doit fa
naiffance, fes loix, fes progrès, fa confervation, aux Réglemens de SAINT LOUIS ?
Les Prévôts fermiers avoient vendu la liberté qui en eft l'ame ; LOUIS fe hâta de la lui
rendre, & notre Légiflation moderne n'a
rien pû ajoûter à fes ftatuts pour le Corps
des Marchands. Voyez ce Monarque, fupérieur à fon fiècle, décréditer le luxe par
fon éxemple, & confirmer fes loix fomptuai-
res par la fimplicité de fes habits; défendre
l'aliénation des biens nobles pour prévenir

la cupidité des Traitans, qui s'emparent toujours du crédit du Prince, & le lui vendent ensuite chérement à lui-même; soumettre la liberté de l'exportation des grains à un conseil de Laboureurs, qu'il assemble dans chaque Province; rendre les chemins sûrs & commodes; envoyer des Commissaires pour assûrer la navigation des rivières; créer une marine & équiper un flotte capable de transporter en Afrique soixante mille hommes; animer l'industrie; établir dans chaque Ville une Police éxacte; publier de sages Réglemens sur les Monnoies; faire de l'Agriculture la base du Commerce; diminuer sans cesse les impôts, & cependant doubler chaque année ses revenus, c'est-à-dire ceux de l'État. Déjà sa réputation concourt avec ses talens & ses vertus pour policer son siécle. Les Nations voisines, lasses de discuter leurs droits par la voie des armes, source intarissable de nouvelles guerres, implorent les décisions de ce Roi Magistrat, & il prononce entre les d'Avesnes & les Dampierres, entre les Comtes de Châlons & de Bourgogne, entre le Roi de Navarre

& le Duc de Bretagne , entre les Comtes
de Bar & de Luxembourg, entre Henri III.
& les Barons d'Angleterre, entre Grégoire
& Frédéric. Quand Louis monta fur le
Trône , il ne gouvernoit pas paifiblement
une feule Province , & voilà qu'il régne
à préfent fur l'Europe entiére.

Il eft une autre gloire que SAINT LOUIS
partage avec tous les Grands Rois : il pro-
tégea les Lettres , il fit plus , MESSIEURS,
il eut le mérite de les aimer & de les cultiver; & fi l'efprit humain eut fuivi les progrès de fon génie , le régne de LOUIS feroit
aujourd'hui l'époque de la renaiffance des
Lettres ; mais du moins il prépara cette
heureufe révolution ; il comprit que l'ignorance étoit l'ennemie la plus formidable du
Chriftianifme ; il fut le reftaurateur de l'U-
niverfité de Paris, il eut pour amis & pour
convives les plus éclairés de fes contemporains , Robert Sorbon , Saint Thomas
d'Aquin , Saint Bonaventure ; il les honora
parce qu'il favoit que la confidération eft
le feul prix digne des Talens ; en effet elle
vient du cœur, & elle flatte d'autant plus

la part des Souverains, que l'estime n'est pas un don, mais un hommage. Cette Capitale présente encore à l'admiration de l'Europe, des Monumens des Arts *, qui ont illustré [*]La Sainte Chapelle. le régne de SAINT LOUIS. Les Manuscrits les plus précieux de Rome & d'Athênes, furent recueillis par ses soins dans sa bibliothèque de la Sainte-Chapelle. Souvent le Souverain se réfugioit dans cet asyle, je ne dirai pas, pour se consoler de la Royauté, puisqu'il jouissoit du spectacle d'un peuple heureux, mais pour honorer le goût des Lettres, qui dans ces tems reculés, avoit encore besoin d'être ennobli par l'éxemple d'un Roi ; il y expliquoit lui-même les difficultés qu'on lui proposoit & il devenoit l'Oracle des Savans après avoir été l'Arbître des Souverains. Ainsi, MESSIEURS lorsque la Providence veut renouveller la face des Empires, elle n'a pas besoin d'agir sur chaque individu : elle fait naître sur le Trône un Monarque doué des heureux dons de la vertu & du génie ; le Prince donne une impulsion générale, & entraîne sa Nation. Vous avés admiré SAINT LOUIS

créateur de fon fiécle, je vais le rappro-
cher de nous, & expofer tous les droits que
fon régne lui donne fur la reconnoiffance
de fa poftérité.

SECONDE PARTIE.

POUR mieux découvrir l'influence du
Gouvernement de SAINT LOUIS fur les fiècles qui l'ont fuivi, effacés fon régne de
nos annales : quelle confufion ! quel défordre ! quelle barbarie ! Parcourés notre
Hiftoire depuis Clovis ; en fuivant les dé-
faftres dont elle eft femée, vous errés de
précipices en précipices, vous rencontrés
des Monarques affoupis dans la molleffe
qui font Rois fans régner, dominés par des
Maires hautains qui régnent fans être Rois,
& en prennent enfin le titre, las de l'abandonner à ces fantômes de Souverains. Le
génie de Charlemagne attire votre admiration pendant quelques inftans, mais la
poftérité de ce grand homme laiffe écrou-
ler l'édifice de fa Légiflation, & vous re-
tombés avec fes fucceffeurs dans le même
chaos d'où fon régne vous avoit tiré. Tandis

dis que les premiers Rois de la troisième race
fommeillent dans l'indolence, ou boulever-
fent tout , & s'égarent dans le labyrinthe de
leurs propres erreurs, vous traversés plufieurs fiécles de barbarie ; vous appercevés
un crépuscule foible encore fous Philippe
Augufte : enfin SAINT LOUIS régne. Sans le
Gouvernement de ce Prince la nuit fe pro-
longeoit jufqu'à Charles cinq ; mais déjà
le jour luit, & le fpectacle d'un Grand Roi
fur le Trône foulage vos regards fatigués par
l'afpect de tant de deferts arides.

Depuis que les Rois ont pour guides des
Sages qui ont réduit en principes l'art de
régner, ce ne font plus les Souverains qui
créent leur fiécle, leur fiècle les forme eux-
mêmes ; mais avant la naiffance de ces génies
extraordinaires qui ont imprimé dans chaque Etat un mouvement univerfel & durable aux refforts politiques , les Princes
qui avec des vertus éminentes ont manqué
de lumières , ne font diftingués des mauvais
Rois dans l'Hiftoire , que par des vœux
impuiffans ou des larmes ftériles. Ils auroient

C

pû entreprendre de grandes chofes fi la
Providence leur eut donné des modèles,
& cependant ils font defcendus dans la tombe fans laiffer aucun veftige de leur paffage
fur le Trône. Quel préfent ineftimable Dieu
accorde à un Empire la première fois qu'il
lui donne un Grand homme pour Souverain ! Ce Monarque eft d'autant mieux alors
l'image de l'Etre Suprême, que de rien il
a tout fait ; & que fes ouvrages concertés
avec fageffe, fe foutiennent enfuite, & fe
perpétuent d'eux-mêmes.

L'hiftoire de SAINT LOUIS nous préfente
cette heureufe révolution dans notre Patrie. Tel de fes defcendans eft célèbre dans
nos faftes, qui feroit mort obfcur fur le
Trône même s'il eût régné avant lui, &
tel de fes prédéceffeurs refte ignoré, qui
feroit placé parmi les bienfaiteurs de la
Nation, s'il eut porté le Sceptre après SAINT
LOUIS. Eh ! remarqués dabord une preuve
bien fimple & bien éloquente de la fageffe
de fon Gouvernement ; la population aug-
mentée fous fon régne de plufieurs millions

de François (*a*) malgré la continuité des guerres, comme autrefois les Israëlites sous les succeſſeurs de David,(*b*) répara d'avance les bréches que lui firent les régnes ſuivans. L'eſpèce humaine qui ſe déſſéche & dépérit ſous les tyrans, s'accroît toujours ſous l'Empire des bons Rois ; & pour prononcer ſur la gloire des Souverains, il ſuffiroit peut-être de faire le dénombrement de leur peuple au moment de leur mort.

Pour fruit de ſes vertus & de ſes loix SAINT LOUIS laiſſe à ſes ſucceſſeurs outre les richeſſes d'une population floriſſante, les avantages d'une paix durable. Le contraſt eſt extraordinaire que nous préſente l'hiſtoire de Philippe le Hardi, ſon fils, du règne le plus paiſible ſous le plus belliqueux des Rois, ne nous rappelle-t-il pas un bienfait de LOUIS ? Le peuple opprimé

[*a*] *finalement*, dit Joinville, *le Royaume ſe multiplia tellement par la bonne droiture qu'on y voyoit régner, que le Domaine, cenſive, rente & revenu du Roi croiſſoient tous les ans de moitié.*

[*b*] *Juda & Iſrael innumérabiles ſicut arena maris in multitudine* 3. Reg. c. IV. V. 20

dans les siècles précédens par une multitude
de loix disparates reconnoit après sa mort
dans le Souverain , le Maître commun de la
Nation : le Gouvernement devient un ;&
après ces longs orages qui couvroient l'hori-
zon de l'Empire François, les Vassaux ne sont
plus que des sujets soumis , & les voisins de la
France des alliés fidelles. Les délits privilé-
giés attribués aux Baillis Royaux, & surtout
les appels des Justices Seigneuriales aux Tribunaux du Roi , suffisent a Louis pour dé-
pouiller insensiblement les grands Barons du
droit de législation qu'ils avoient usurpé : puisque le véritable,& même le seul Législateur
d'un État est celui qui prononce en dernier ressort. Ses Ordonnances sur les Fiefs , sur les
appanages & sur les Monnoyes préparent en
silence aux siècles à venir la révolution que
consommeront bientot les ennoblissemens ,
les affranchissemens, & les communes (*a*), je

[*a*] Elles furent établies par Louis le Gros , &
contribuèrent beaucoup à l'extinction du Gouvernement
féodal sous les régnes qui précèdèrent & suivirent Saint
Louis. Les premieres lettres d'ennoblissement furent
accordées par Philippe le hardi à Raoul l'Orfèvre, & l'af-
franchissement général des Serfs fut l'ouvrage de Louis X.

veux dire l'abolition de la féodalité. Avec
quelle fageffe Louis éloigne au moins de
fa poftérité ce fléau dont il ne peut garantir fes contemporains! l'un des vices les plus
frappans de la Légiflation féodale, c'étoit
l'impoffibilité d'empêcher l'aggrandiffement
des Vaffaux qui en abufoient enfuite pour
faire une guerre plus redoutable au Souverain ; Louis attaque cet abus dans fa
fource, avec tous les ménagemens que la
prudence doit à l'opinion, & la puiffance
aux coutumes; il n'eut fait que de vains efforts
pour arracher de fes États ce chêne antique, il l'abbattit en creufant autour du tronc
pour couper fes racines. Les autres Rois
guerriers attaquoient les Feudataires, Louis
Légiflateur attaque la féodalité elle-même ;
il fait dépendre du confentement du Souverain la validité des mariages : devenus Maîtres des alliances, fes fucceffeurs empêcheront l'union de deux fortunes, dont une feule
auroit fuffi pour balancer l'autorité Royale ;
& le tems feul va démolir cet édifice ébranlé
par Louis dans fes fondemens. C'eft ainfi
Messieurs, que le génie crée des loix. La

prévoyance qui détrompe l'homme des il-
lufions du préfent en lui découvrant les
profondeurs de l'avenir, eft l'une des plus
grandes qualités d'un Souverain ; auffi
voyons-nous dans l'Hiftoire Sainte que lorfque Saül eut été choifi par Samuel pour
être Roi, Dieu le fit en même tems & Monarque, & Prophête (*b*).

C'eft le privilège d'un petit nombre de fages, d'appercevoir dans le lointain, l'éclat
& les heureufes influences du génie, malgré
les nuages dont la prévention & l'envie l'en-
veloppent au moment de fa naiffance; ils ref-
femblent à ces voyageurs, placés fur des hau-
teurs au moment du lever du foleil & qui
voient luire au loin fes rayons fur le fommet
des montagnes occidentales, avant que l'af-
tre étincelle du côté de l'Orient. L'expé-
rience de tous les tems & de tous les
lieux, attefte que les contemporains des
grands hommes, non-feulement ne profi-
tent jamais de leurs travaux, mais leur
refufent fur-tout la gloire qui leur ap-

_____

(*b*) Samuel dit à Saül. *Infiliet in te fpiritus domini, & Prophé-
tabis cum eis, & mutaberis in virum alium.* Reg. 1. cap. 10. v. 6.

partient, & lèguent cette dette à la poftérité, toujours chargée de réparer ces
éclatantes injuftices ; d'ailleurs ne fait-on
pas qu'il faut l'intervale de plufieurs généra-
tions pour développer les femences du
génie, & mûrir la reconnoiffance des peuples ? SAINT LOUIS fut trop grand pour ne
pas fubir cette deftinée. Plus on avance
dans les âges, plus on remarque fes bienfaits. Ses Barons réfiftèrent d'abord à tous
fes réglemens ; eh ! des innovations falutaires
pouvoient-elles ne pas révolter cette foule
de trans fubalternes dont elles gènoient
l'indépendance, ou plutôt ces hommes per-
fonnels qui déteftoient tous les changemens
utiles dont ils n'étoient pas les auteurs? Tel
eft, ô mon Dieu ! le cœur humain depuis fa
chûte : le péché l'a tellement dégradé,
que l'amour du bi en n'auroit prefque plus
de prife fur lui fans fa vanité. SAINT LOUIS
Roi d'une vafte Monarchie, mais refferré
par les ufurpations des Feudataires, ne
gouvernoit en effet qu'un petit État; fes
Loix limitées d'abord à fes domaines fe
font étendues dans toute la France, lorfque

nos frontières ont été reculées ; ou par des successions , ou par des traités , ou par des alliances , ou par des conquêtes ; & renfermé sous son règne dans une enceinte trop étroite , ce foible ruisseau est devenu un fleuve majestueux à une grande distance de sa source. Ce n'est que depuis sa mort , & loin de son siècle que SAINT-LOUIS , qui n'étoit pendant sa vie qu'un sage sur le Trône , est devenu le véritable législateur de la France ; je ne dis pas assez , son code même a multiplié nos conquêtes , & de même qu'autre fois les Amorrhéens , les Hévéens & les Jébuséens , frappés de la réputation de Salomon , se reconnurent tributaires de ce Prince , (a) la sagesse des Loix de notre Saint Monarque a incorporé au Royaume , des Provinces entières , qui après avoir gémi trop long-tems sous le joug de l'oppression ou dans les horreurs de l'anarchie , font venues

---

[a] *Universum populum qui remanserat de amorrhæis, & hethæis, & pherezæis, & hevæis, & jebusæis, qui non sunt de filiis Israël.... fecit Salomon tributarios usque in diem hunc,* 3 Reg. Cap. 9. v. 20 & 21.

d'elles-mêmes dans les siècles suivans, se
soumettre au gouvernement Français . &
supplier à genoux nos Souverains de se
déclarer leurs maîtres : ne demandant pour
prix de leur obéissance, disoient les députés
de la Guyenne, de l'Aunis, & de la Saintonge
que *les bonnes coutumes de Saint Louis* (*a*).
Chaque serf luttant en silence dans l'intérieur
de la France contre les éxactions féodales,
il s'est fait un effort général vers la Monarchie, qu'on a regardée comme le refuge
du bonheur, & même de la liberté. Peu à
peu l'éxercice du droit de Suzeraineté, plus
précieux encore aux sujets qu'au Souverain depuis le règne de SAINT LOUIS,
a rendu la couronne de nos Rois, le plus
beau Diadême de l'Univers, parce que
le Prince & l'État ont toujours eu un
intérêt commun : soit qu'il ait fallu pros-
crire la servitude pour anéantir l'autorité
des grands, soit qu'il ait fallu punir la
félonie pour venger les droits du peuple.

Ce n'est donc pas, MESSIEURS, dans l'histoire de ses guerres, c'est dans le code
de SAINT-LOUIS que la France doit cher-

_____

(a) Voyez le Laboureur, le Gendre, Velly, Choisy, &c.

cher les véritables causes de sa grandeur ;
c'est-là sur-tout qu'elle doit découvrir les
principes de ce changement que nous ob-
servons dans les mœurs nationales dès le
treizième siècle. Par ses loix contre le blas-
phème , & surtout par ses éxemples de
piété , SAINT-LOUIS consacra le respect dû
à la religion. Le Christianisme , qui le
premier a eu la gloire de réclamer en
faveur des serfs , la liberté qui est la vie
civile de l'homme, comme la vertu est sa
vie morale : le Christianisme qui en dé-
clarant par la bouche de ses Pontifes dans
le Concile de Latran , (a) ne vouloir point
d'esclaves dans son sein, a enfin aboli l'es-
clavage en Europe : le Christianisme étoit
nécessaire à LOUIS pour policer un Peuple
en faveur duquel on auroit pû répéter cette
énergique prière de David : Seigneur faites
naître un législateur parmi ces barbares ,
afin que les Nations les mettent au rang

---

[a] En 1077 le Pape Alexandre III. déclara dans
le troisième Concile de Lattran , que les Chrétiens
devoient être exempts de servitude. Voyez le recueil
des Conciles des Peres Labbe & Cossard. Tom. 10.
Page 457. *Ne Christiani mancipia fiant* &c.

des hommes. *Conſtitue Domine Legiſlato-* *Pſal. 9.*
rem ſuper eos ut ſciant gentes quoniàm *v. 21.*
homines ſunt. Non, il n'appartenoit qu'au
Chriſtianiſme d'opérer une ſi étonnante
révolution. L'amour propre peut déterminer aux plus généreux ſacrifices, &
le plus ſublime effort de la vertu n'eſt
pas d'être vertueux avec danger, mais
ſans témoins : c'eſt le devoir du Chrétien,
c'eſt auſſi ſon privilège. Saint-Louis avoit
beſoin d'accréditer cette morale pour adou-
cir & former les mœurs dans un gouvernement dénué de principes, & il ſervoit
utilement ſes ſucceſſeurs en cimentant l'o-
béiſſance des ſujets, par les liens de la
Religion : en effet la Religion chrétienne
jette ſes racines dans le cœur humain,
& après avoir affermi les Trônes par l'amour,
elle les appuye ſur les conſciences; elle
détruit ce penchant funeſte vers l'intérêt
perſonnel, qui n'auroit dû naître que parmi
des Sauvages, & qui nous eſt cependant
venu des vices de la ſociété; elle eſt la
baſe des vertus ſociales, civiles, & do-
meſtiques : il en eſt pluſieurs qu'elle ſeule
commande, & il n'en eſt aucune qu'elle

ne perfectionne. Eh ! quoi de plus utile aux peuples & aux Rois que le Christianisme ? Quoi de plus propre à unir les hommes, à les faire vivre dans la paix & dans l'abondance, que la charité ? Eh ! MESSIEURS, c'est tout l'art de la politique de s'élever par ses loix, jusqu'aux préceptes de l'Évangile.

Avec ces bienfaits de LOUIS, le peuple François reçut les lumières dont il avoit besoin, pour en découvrir l'importance ; aussi lorsque nos Peres étoient malheureux sous les regnes suivans, lorsqu'ils reprochoient publiquement à Philippe le Bel l'altération des monnoyes, que demandoient-ils ? *Les établissemens de SAINT-LOUIS.* Lorsqu'ils murmuroient contre LOUIS X. vendant à l'enchère les Offices de Judicature, que demandoient-ils ? *Les établissemens de SAINT-LOUIS.* Lorsqu'ils accusoient CHARLES IV d'avoir accablé l'État par des dettes immenses, que demandoient-ils? *les établissemens de SAINT-LOUIS.* Lorsquils se plaignoient sous Philippe de Valois, des nouvelles impositions dont ils étoient surchargés, que demandoient-ils ? *les établis-*

ſemens de SAINT-LOUIS *, les établiſſemens de* SAINT-LOUIS. Ils ne connoiſſoient point d'autre reſſource pour ſe ſouſtraire aux véxations, & ils répétoient en verſant des larmes, ces paroles ſimples & touchantes : *ce n'étoit pas ainſi que le* SAINT ROI *nous gouvernoit ; que ſes Loix ſoient ſuivies !* Le ſentiment du malheur ne leur arrachoit que ce ſeul vœu, honorable ſans doute pour la Nation qui le formoit, plus honorable encore pour le Souverain qui l'avoit fait naître. La reconnoiſſance de la patrie imagina un hommage que SAINT-LOUIS n'a partagé avec aucun autre légiſlateur ; la France imitant le peuple de Dieu qui célébroit avec tant de ſolennité l'anniverſaire du jour, auquel le Seigneur lui avoit donné des loix ſur le mont Sinaï : (*a*) la France avoit inſtitué une fête civile en l'honneur de ce Prince ; & un jour étoit conſacré tous les ans dans chaque Ville, pour lire en public les établiſſemens de ce grand

---

[*a*] La fête des Tabernacles avoit été inſtituée en mémoire des trois plus grandes grâces que les Iſraëlites euſſent reçues de Dieu : la ſortie d'Égypte, la publication de la Loi, & l'établiſſement dans la terre promiſe.

homme (*b*). O jour de triomphe & d'al-
légreſſe ! où le peuple, le véritable Pané-
gyriſte des bons Rois, s'aſſembloit en foule
pour bénir la mémoire de Louis; où
les peres conduiſoient leurs enfans, & ſe
félicitoient d'être peres & François; où les
laboureurs levant enfin leur tête trop
longtems courbée ſous le joug des tyrans,
n'avoient beſoin que de répéter ce nom
chéri pour faire pâlir leurs oppreſſeurs ;
& interrompoient tantôt par les tranſ-
ports de l'amour, tantôt par les acclama-
tions de la reconnoiſſance, le plus bel
éloge funèbre qu'on ait jamais prononcé
en l'honneur d'un Souverain. Voilà Messieurs, voilà les traits que les hiſtoriens
ont eu le malheur de raconter ſans intérêt,
& que l'éloquence a dédaignés pour nous
fatiguer du récit des batailles !

[*b*] Telle fut, dit l'Abbé Velly, ſon application
au bonheur de ſon état, que ſous les règnes de pluſieurs de ſes ſucceſſeurs, la Nobleſſe & les Peuples
quelquefois mécontens du Gouvernement ; ne demandoient autre choſe ſinon qu'on en réformât les
abus ſur les établiſſemens de Saint-Louis, qu'on liſoit
une fois l'année en public, à Noyon, à Beauvais, à
Amiens &c. par reconnoiſſance.

Oublierons-nous parmi tant de bienfaits de LOUIS, les leçons que sa vie donne aux Rois ? Sincèrement soumis à la puissance légitime des Souverains Pontifes, il mit pour toujours la France à l'abri des entreprises Ultramontaines, en élevant entre le Trône & le S. Siége le rempart sacré de nos libertés. Sa Pragmatique Sanction qui conserva pendant si longtemps à l'Eglise Gallicane le droit des élections, apprit à Philippe le Bel, à Louis XII, & à ce bon Henri, dont la mémoire est si douce aux cœurs François, l'art de concilier le respect dû au Chef de l'Eglise avec la résistance qu'ils pouvoient opposer à un Souverain temporel, lorsque la foi n'étoit plus l'objet immuable de ses décrets. Son ame s'élevoit dans toutes les occasions où les prérogatives de sa couronne étoient menacées ; il dé. ployoit alorsune fierté & un courage qu'on pourroit croire incompatibles avec la douceur de son caractère, & la profonde humilité de son cœur, si l'on ne savoit pas que la vertu toujours modeste quand on oublie ses sacrifices, devient intrépide quand on méconnoît ses droits.

Qui croiroit que parmi toutes les vertus
de ce grand Prince, celle que son siècle
lui pardonna le moins, ce fut cette piété
éminente, qui est toujours dans le cœur des
Rois, la sauve-garde la plus sûre des peuples ? Les clameurs furent portées à un tel
degré d'audace, que S. Louis daigna faire
lui-même son apologie. *On blâme*, disoit-il,
mon assiduité à la prière ; mes affaires n'en
souffrent pas. On ne se plaindroit point si
je me livrois à la dissipation. La piété de
Louis ne le déroba jamais à ses devoirs; elle
ne fut en lui, qu'une vertu de plus; d'autant
plus précieuse à ses sujets, qu'elle ajoutoit
le ressort puissant de la Religion à tous les
autres mobiles qui le portoient au bien public. Pieux sur le trône, il sût concilier
l'humilité d'un pénitent avec la magnifi-
cence d'un Roi, les macérations d'un soli-
taire avec la pompe d'un héros, le zéle
pour la gloire de Dieu avec cette sensibilité
qui fait chérir tous les hommes comme ses
images. SAINT LOUIS fut sensible, mais
n'entendez point par ce mot, MESSIEURS,
la sensibilité momentanée de ces hommes
dont

Joinville.

dont les paupières s'humectent de larmes
à la vue de l'infortune , tandis que leur
cœur toujours fec, eft inacceffible à la pitié ,
& reffemble à ces rochers élevés au milieu
de la mer , fur lefquels les vagues fondent, gliffent & difparoiffent : on le croit
d'abord fubmergés , tandis que les flots
ont à peine baigné leur furface. La fen-
fibilité de SAINT LOUIS fut fimple
& profonde : il fut aimé de fon peuple parce qu'il l'aima , & lorfque le tombeau fembla s'ouvrir devant lui au milieu
de fa courfe , on vit le péril du Prince
devenir le péril de la nation , & un combat
de tendreffe entre un peuple confterné qui
ne pouvoit plus pleurer , & un fouverain
adoré qui fe furvivoit à lui-même pour être
témoin des longs regrets qu'il devoit laiffer après lui. Longtems après la mort du
Comte d'Artois , SAINT LOUIS ne conçoit
pas qu'un autre de fes freres puiffe fe permettre des amufemens innocens. *Hélas !*
s'écrie-t-il , en jettant dans la mer les inf-
trumens du jeu'qu'il lui arrache des mains, *il*

Joinville. *n'y a encore que huit mois que notre frere est descendu dans la tombe, & vous êtes assez malheureux pour en être déjà consolé.* Observez ce transport de tendresse fraternelle ; il ne perd rien de son énergie lorsqu'il s'étend & se transforme en amour de l'humanité. SAINT LOUIS monte un vaisseau que les Pilotes jugent incapable de résister à la longueur du voyage & aux assauts de la tempête ; les généreux Chevaliers François s'assemblent autour de leur Roi, le conjurent de passer dans un autre vaisseau, & se disputent déjà une place dans le sien. Les prieres, les larmes, & encore moins le péril ne peuvent déterminer LOUIS ; ce Monarque sensible est accoutumé à respecter la dignité d'homme dans tous ses semblables, & ses voyages sur les mers ont fortifié ce sentiment précieux au milieu de ces vastes abîmes, où les hommes s'apperçoivent qu'en dépit de l'opinion, Dieu les a faits Joinville. tous égaux. *Ma place,* dit LOUIS, *est celle du danger ; je ne veux pas conserver mes jours aux dépens de ceux de mes sujets. Il n'en est aucun dont la vie ne me soit aussi précieuse que la mienne propre.*

Où m'emporte, Messieurs, mon admiration pour Saint Louis? Je célebre des vertus qu'il a pratiquées dans une terre étran-
gere, & je crois entendre autour de moi
les murmures que l'on ne cesse de répéter
depuis le treiziéme siécle. Puisqu'enfin mon
sujet m'oblige de parler de ces guerres que
l'on attend dans l'Eloge de S. Louis comme
le double écueil du héros & de l'orateur, j'a-
vouerai dabord que la Religion s'étant éta-
blie sans autres armes que la charité, veut
règner sur les hommes par l'ascendant de
la persuasion, & non par l'effroi des meur-
tres ; *que le tems est venu*, où selon l'oracle
de l'Evangile, *Dieu ne sera plus adoré ni
à Samarie ni à Jérusalem, mais sur toute
la terre en esprit & en vérité* ; mais je dirai   Joan. c. 4.
aussi, que si l'on éxaminoit avec la même ri-   v. 23.
gueur les motifs de toutes les guerres, on en
trouveroit peu dans l'histoire de plus justes
que les Croisades; que la malignité du siécle
ne les condamne aujourd'hui que parce qu'un
Saint les a continuées : puisque tous les autres Souverains croisés échappent à la cen-
sure, & sont absous ou laissés dans l'ou-

bli ; qu'on reproche plutôt à notre Monarque fa défaite que fon émigration , & qu'il
ne lui a manqué que des fuccès pour obtenir des éloges ; mais s'il faut une apologie
plus particulière pour juftifier SAINT LOUIS
d'avoir adopté la feule entreprife pour laquelle l'Europe fe foit jamais réunie , inter-
rogeons les faits , & prononçons. Le péle-
rinage du Roi Robert à Rome fut le premier germe des guerres Saintes. Les Chevaliers François perfuadés que l'univers tou-
choit au terme de fa durée , regardoient le
voyage de Jérufalem comme une efpèce de
facrement qui effaçoit tous les crimes ; &
l'on conçoit combien ces pénitences militaires avoient d'attraits pour une nobleffe
belliqueufe qui ne connoiffoit que la gloire
des batailles. Depuis deux cents ans des
flots de croifés s'étoient précipités vers l'A-
fie , lorfque S. LOUIS prit la Croix ; & les
Européens n'alloient plus dans la Paleftine
en conquérans , mais en défenfeurs , pour
racheter des compatriotes , des amis , des
freres ; or , MESSIEURS , dans un fiècle où
un berger entoufiafte (a) , au fein même de la

(a) Cet impofteur s'appelloit JACOB.

capitale , devenoit chef de cinquante mille brigands ; dans un fiècle où l'on voyoit de nombreufes armées d'enfans (*a*) mettre l'Europe en feu ; dans un fiècle où tout ce que la Religion éplorée avoit pû obtenir dans fes conciles en faveur de l'humanité , c'étoit *la trêve du Seigneur,* c'eft-à-dire, deux jours d'interruption dans chaque femaine pour les affaffinats , SAINT LOUIS forcé d'opter entre une guerre étrangère & des maffacres domeftiques , dût préférer une expédition militaire à ces épouvantables féditions (*b*). Mais puifque SAINT LOUIS ne pouvoit éloigner ces calamités qu'en prenant les armes , n'étoit-il pas plus fage de combattre des peuples avec lefquels il n'étoit lié par aucun traité , qui retenoient fes fujets dans les fers,& dont il ne pouvoit ni craindre le reffentiment , ni tolérer les ou⟨

(*a*) Plus de 50 mille enfans fe croiférent & s'embarquérent à Marfeille ; les uns firent naufrage , les autres furent vendus en Egypte par leur propres conducteurs , & il n'en revint pas un feul en France.

(*b*) Si Charles IX plus docile aux confeils de l'Amiral de Chatillon , eut déclaré la guerre à l'Efpagne , il auroit épargné bien des malheurs à la France.

D iij

trages ? Ah ! si SAINT LOUIS sortoit tout-à-
coup du tombeau pour se justifier lui-même
au milieu de cette assemblée : » Eh quoi ,
» diroit-il, eh quoi François , vous chez
» qui j'aurois dû trouver des défenseurs ,
» c'est vous qui vous élevez contre moi ?
» Je demande justice à ma nation con-
» tre l'histoire qui m'a méconnu. Trans-
» portez-vous dans le siècle où je vivois ;
» vos peres avoient blâmé Philippe I &
» d'autres Rois mes ancêtres de n'avoir pas
» pris la Croix , & ils me reprochoient déjà
» la même indolence. Vous êtes chrétiens.
» Eh bien ! La Cité sainte étoit la proie
» des infidelles , le tombeau de Jesus-
» Christ étoit profané tous les jours par le
» sang de ses disciples qu'on y répandoit à
» grands flots. Vous êtes François. Eh
» bien ! Il n'y avoit pas un François qui
» n'eût des parens captifs chez les Sarra-
» sins , & qui ne fut disposé à les venger
» sans moi ; cependant ces chrétiens gémis-
» sans dans les fers étoient mes sujets ; ils
» m'invoquoient comme le seul libérateur
» qu'ils pussent attendre , moi qui avois

» ceint l'épée de Chevalier , & m'étois lié
» par un ferment à la défenfe de mes freres.
» Pouvois-je refuſer mon bras à ces infor-
» tunés, auxquels on n'offroit que l'alterna-
» tive de l'apoſtaſie ou du martire ? Eh !
» que penſeriez-vous donc de moi, ſi j'avois
» été aſſez peu généreux , aſſez peu digne
» du trône pour les abandonner ? Il fut Roi
» de France, diriez-vous aujourd'hui , & il
» laiſſa périr ſoixante mille François dans
» les cachots de la Syrie ; mon nom n'eſt
» point flétri de cette tache; vos cenſures
» ne me touchent plus. « Voilà des motifs
que SAINT LOUIS pourroit alléguer avec
confiance , MESSIEURS , pour excuſer ſon
émigration , & moi j'ajouterai : il attira ſes
grands Vaſſaux dans la Syrie , & il abolit le
gouvernement féodal ; il chaſſa de l'Europe
les Muſulmans qui ravagoient l'Italie depuis deux ſiècles : Eh ! où en ſeriez-vous ſans
les Croiſades ? Avez-vous donc oublié que
vos mœurs n'ont perdu cette rouille de barbarie qu'elles avoient contractée dans les
marais de la Germanie d'où vous ſortez ,
qu'à la vue des villes policées & des peu-

ples civilisés de la Grece ? Vous n'euffiez point acquis dans vos propres foyers cette urbanité (a) que votre esprit imitateur saisit dans la patrie des arts. Quels progrès avoit fait la raison parmi vous depuis la fondation de la Monarchie ? En vous arrachant à vos climats pour vous conduire à la source des lumières, S. Louis alluma en vous la soif des sciences, & après avoir amené de son pays des esclaves & des barbares, il lui rendit des sujets & des hommes. Ah ! plaignons ce grand Roi d'avoir acheté aux dépens de sa gloire, le bonheur d'une ingrate postérité.

Dieu qui avoit choisi SAINT LOUIS pour terminer ces guerres, & qui dût refuser des victoires à ces armées pour punir leurs crimes, Dieu fit du moins éclater les plus rares talens & les plus héroïques vertus dans SAINT LOUIS général, Captif & Martir. A la vue des côtes d'Egypte,

---

(a) Voyez cette raison, & plusieurs autres relatives à l'utilité des Croisades, philosophiquement discutées dans l'*Introduction à l'histoire de Charles-Quint*, l'un des morceaux les mieux écrits que nous ayons dans notre langue.

à la vue de ces régions qu'il veut conquérir à Jéfus-Chrift, fa foi redouble fon
courage; il s'élance l'épée à la main au milieu des flots ; il n'a befoin que de fe
montrer pour difperfer une multitude de
Sarrafins qui couvroient le rivage, il s'empare de Damiette ; les autres conquérans
éternifent leurs triomphes par des ravages:
Louis ne fignale fes conquêtes que par des
bienfaits. Comptez toutes ces Cités que
vous voyez fi floriffantes, Acre, Céfarée,
Joppé, Philippe, Sidon, toutes ces Villes
fortifiées, reconftruites, policées, enri-
chies : ce font les places que SAINT LOUIS a
emportées d'affauts, & les honorables monumens de fes victoires. Déjà l'armée Chrétienne a paffé le Tanis : tout change, tout fe
bouleverfe ; l'Egypte entière alloit être
conquife, & l'imprudente valeur du Comte d'Artois donne des fers à LOUIS dans
ces mêmes plaines de la Maffoure (n°. 9),
d'où il devoit étendre fa domination fur tous
les bords du Nil. Il n'a fallu qu'un jour, il
n'a fallu qu'une heure pour faire d'un Roi
de France un Efclave. LOUIS Efclave !

mais ses sujets ne voyent-ils pas qu'il est encore leur Roi, puisqu'il offre de leur sacrifier sa liberté & sa vie ? Mais les Sarrasins ne voyent-ils pas qu'il est encore Roi, lui qui ne veut point donner d'autres caution que sa parole, point d'autre rançon pour sa personne qu'une ville fortifiée, lui qui entend un Sarrasin lui dire, un poignard levé sur sa tête, *arme moi Chevalier, ou tu meurs*, & qui lui répond dans les fers, *fais toi Chrétien si tu veux recevoir cette consécration militaire, ou frappe & connois un Chevalier.* Les chaînes de Louis sont enfin rompues, il rentre dans son Camp. Un Sarrasin attaqué d'une maladie contagieuse en communique le venin à l'armée Françoise, à cette foule de croisés déjà accablés du poids de la guerre, & exténués par les lentes atteintes de la famine ; & la complication de ces désastres, déploye pour la premiere fois sur une seule Nation l'image épouvantable de trois fléaux réunis. En butte à des perfides qui ont mis à prix la tête de tous ses soldats, & la sienne propre, sans autre

Joinville.

boiſſon que des eaux empoiſonnées qui conſument les entrailles , comment répondra-t-il au brave Almoadan qui lui fait demander jour pour donner le combat ? *Aſſigner un jour*, lui dit-il, *ce ſeroit éxcepter tous les autres : demain, aujourd'hui, à préſent même.* Il livre, il gagne la bataille, & de ſes mains triomphantes il ſecourt les bleſſés & rend à ſes Soldats les derniers devoirs de la ſépulture ; mais cette victoire a mis le comble à ſes revers ; il a vû tomber à ſes côtés ſa plus brave nobleſſe, & ſes propres enfans. Tout ce qui l'environne lui rappelle des pertes , tout ce qui lui appartient lui demande des larmes , tout ce qui l'approche lui annonce des malheurs. L'un lui apprend la défaite de ſes troupes, l'autre la priſe de ſes places : celui-ci les ravages de la contagion dans ſon Camp , celui-là le déſeſpoir de ſes Soldats tourmentés par la faim , un autre le danger de la Reine expirante dans les douleurs de l'enfantement ; lève-t-il le rideau qui lui cache la France ? Il voit deſcendre ſa mere au tombeau & ſon

Joinville.

Royaume menacé d'une invafion; Fils, Epoux, Frere, Pere, Ami, Guerrier, Roi malheureux, il revient dans fes États pour y rétablir l'ordre, mais le fouvenir de fes malheurs ne peut ébranler fon courage, & il obéit fans murmure aux décrets de la Providence qui l'appellent à Tunis. De nouveaux revers l'atten-doient au terme de fa carriere. Accou-rez François, venez recevoir les derniers foupirs de votre Roi, ce font des vœux qu'il forme encore pour votre félicité. Re-préfentez-vous ce grand homme, lorfqu'il affemble au tour de fon lit fa famille éplo-rée, & que d'une voix éteinte la bonté du Monarque furmontant la tendreffe du pere, il recommande le peuple François à fes enfans, au moment où il leur fait fes derniers·adieux. *Mon fils*, dit-il au Prince qui doit lui fuccéder, *mon fils aime la vérité, fois toujours pour elle contre toi ; rends tes fujets heureux, tes jours feront purs & ferains ; plus tes Villes feront floriffantes, plus tes ennemis craindront de t'attaquer.* Il demande fon fils toutes les fois qu'on l'avertit

d'un nouveau défaftre, il le ferre entre fes bras,
il le bénit, il meurt. O mon Dieu! tous les
cœurs émus vous interrogent par leurs foupirs; vous êtes la fuprême juftice : eh! ne
romprez-vous donc jamais ce pacte antique
& effroyable du malheur avec la vertu ? Qu'ai-je dit ? Dans l'ordre de vos décrets le malheur même change de nature,
il devient une grace, & je ne dois que
vous bénir des infortunes que je déplore.

Grand Roi! aujourd'hui le protecteur
d'une Nation dont vous fûtes le pere, (n°. 10.)
votre peuple profterné aux pieds de vos
autels, vous invoque en ce jour par ma
bouche. Jettez un regard propice fur ce
Royaume qui vous fut fi cher, & affermiffez
parmi nous la foi de nos ancêtres, afin
que la France voie toujours l'heureux
accord des talens avec la piété, de l'autorité avec la bienfaifance, des vertus nationales avec les vertus chrétiennes. Nous ne
vous adreffons plus qu'un feul vœu qui
les renferme tous : perpétués votre poftérité fur le Trône des François ; prolongés
par votre interceffion au de-là des bornes

ordinaires de la vie, les jours du Monarque bien aimé qui nous gouverne, &
préparés le bonheur de nos neveux en at-
tirant les plus abondantes bénédictions du
Ciel fur les précieux rejettons de votre
race chérie, l'amour & l'efpérance de la
Nation. Ajoutez ces bienfaits au bienfait
ineftimable de votre règne ; rétabliffez
parmi nous la candeur, la fimplicité, la
franchife, la loyauté, les mœurs, & la
religion, qui ont honoré le nom Français
pendant tant de fiècles, afin qu'après avoir
joui de la félicité fur la Terre, nous
puiffions partager votre gloire dans le Ciel.
Ainfi foit-il.

NOTES.

PAGE 8 [n°. 1] On ne peut lire sans indignation l'histoire des guerres du treizième siècle. « Tous les » matins dès l'aurore, on disoit la Messe où chacun » assistoit très-dévôtement. On prenoit ensuite un lé- » ger repas, & après avoir posté de tous côtés divers » escadrons pour tenir en respect les habitans de la « Ville qu'on assiégeoit, on détachoit trois sortes de » gens destinés chacuns pour leurs fonctions, & mun s » des instrumens nécessaires ; les uns avec la pioche dé- » molissoient & renversoient les maisons, les autres » avec le hoyau déracinoient les vignes ; d'autres en- » fin avec la faulx ruinoient le travail & l'esperance » des Laboureurs. La nuit seule interrompoit cet exer · » cice qui recommençoit le lendemain avec le même » ordre, ou plutôt avec la même barbarie. Près de » trois mois se passerent à donner cet étrange spec- » tacle aux habitans de Toulouse. *Guill. de Pod. Cap. 36.*

Page 9 [n°. 2] Matthieu II de Montmorency, auquel Louis VIII recommanda Saint Louis en mourant, se signala dans sa jeunesse à Bouvine par la prise de seize Bannières, & au lieu de quatre alerions qu'il avoit à ses armes, Philippe Auguste voulut qu'il en mit seize.

Page 10 [n°.3] Blanche s'étant déclarée Régente, les Seigneurs ne voulurent pas assister au Sacre de Saint Louis, & la cérémonie se fit sans éclat. Les mécontens demandoient, selon l'ancien usage, l'élargisse-

ment des prisonniers d'Etat, la réparation des dom-
mages qu'ils avoient soufferts sous les derniers règnes,
& la restitution des biens usurpés par le Gouvernement sur les gentishommes & même sur les Anglois;
ils étoient intéressés à se déclarer contre le Roi, qui
dans le système du Gouvernement féodal étoit l'en-
nemi commun de tous les Feudataires, c'est-à-dire,
de tout le Royaume. L'habile Régente sût les appai-
ser par ses menaces ou par ses largesses; elle donna
trois mille marcs d'argent au fameux du Bourg, Mi-
nistre de Henri III, Roi d'Angleterre, à condition
qu'il empêcheroit le Monarque Anglois de se joindre
aux mécontens pour ravager la France; cette Princesse
s'acquit une très-grande réputation, qu'elle conserve
encore à juste titre; de même que les Empereurs de
Rome qui succéderent à Auguste ajoutoient à leur nom
celui de ce Prince, par respect pour sa mémoire,
toutes les Veuves de nos Rois vouloient être appellées
Reines Blanches. Cette illustre Régente mourut de cha-
grin d'avoir fait pendre deux malheureux Croisés qui
publièrent les premiers que SAINT LOUIS avoit été
fait prisonnier à la Massourre.

Page 13 [*n*°. 4] La Comtesse de la Marche prépara de
ses propres mains un poison dont elle avoit le secret,
& chargea plusieurs scélérats de le répandre sur les
viandes dans les cuisines du Roi; on les arrêta & ils
furent pendus.

Page 18 [*n*°. 5] Ce Duc d'Anjou dépouilla du Royaume de Naples le jeune Conradin, fils de Mainfroy &
héritier de la maison de Souabe; après avoir fait prisonnier ce jeune Prince à la bataille de Bénévent où
Mainfroy fut tué, le Duc consulta le Pape Clément
IV sur le sort de Conradin; pour toute réponse le Souverain

rain Pontife lui envoya une Médaille d'or où l'on voyoit
d'un côté ces mots, *la mort de Conradin est la vie de
Charles*, & de l'autre, *la vie de Conradin est la mort de
Charles*. Muni de cette décision, le barbare Duc d'Anjou fit faire le procès de Conradin, & ses vils com-
plices qu'il donna pour Juges à ce Prince le condam-
nèrent à avoir la tête tranchée. En montant à l'échaf-
faud, Conradin jetta son gand dans la place, & dit
qu'il cédoit ses droits à celui qui le ramasseroit.

Page 21 [*n°.* 6] SAINT LOUIS fit un très-grand nombre
de fondations qui subsistent encore à Paris, la Sainte
Chapelle, les quatre Ordres mendians, l'Eglise de Ste.
Croix, les Chartreux, les Blancs-Manteaux, les Filles-
Dieux, l'Hôpital des Quinze-Vingts, l'Hôtel-Dieu;
dans le Diocèse de Beauvais, l'Abbaye de Royaumont,
à Rouen, l'Abbaye de Saint Mathieu; les Hôtels-
Dieu de Compiegne, de Pontoise, de Vernon, &c.
&c. &c.

Page 22 [*n°.* 7] » SAINT LOUIS, dit Pasquier, *recherches
de la France, Liv.* 2. *page* 43. » rendoit loyalement la
» justice sous un gros chêne à Vincennes, & dans le
» jardin de Paris, qui est à bien dire, un acte digne
» de Roi, & symbolisant grandement avec celui de
» l'Empereur Auguste, ou de l'Empereur Adrien, les-
» quels non-seulement rendoient droit aux parties,
» séans en leur Tribunal, mais aussi le plus de tems
» pendans leur repas, quelquefois couchés dedans leurs
» litières, telles fois couchés en leur lit, tant ils
» avoient peur que justice ne fût administrée à leurs
» sujets. « Je m'étois d'abord proposé de faire un ex-
trait des morceaux les plus picquans de Joinville,
Historien d'autant plus parfait qu'il n'a jamais le ton d'un

E

'Auteur, mais je me fuis apperçû que j'aurois été obligé de copier tout fon ouvrage.

Page 24 [n°.8] On peut regarder les établiffemens de Saint Louis comme un ancien Code du droit François. M. Ducange donna la premiere édition de ces établiffemens, à la fuite de fon Hiftoire de Joinville en 1658, & Lauriere a très-bien démontré leur autenticité dans fa Préface des Ordonnances tome premier. Les Lecteurs ordinaires étudient l'Hiftoire dans les Hiftoriens, ils ne favent que des faits, c'eft-à-dire, l'Hiftoire des Caprices du fort; mais quand on veut apprécier nos Rois, il faut confulter le Recueil de nos Ordonnances; c'eft-là qu'on apprend à connoître leurs vues, leur génie, le bien qu'ils ont fait à la Nation; c'eft-là qu'on voit réduit à un petit nombre de Pages tel Prince dont l'Hiftoire remplit ailleurs plufieurs volumes. Jettez un coup d'œil fur cette Collection, & vous verrez que le premier tome vous conduit jufqu'à Charles le Bel : ce petit efpace a fuffi pour renfermer toute la Légiflation de la France pendant neuf fiècles de Monarchie. Eh! quelle Légiflation! les loix de Saint Louis occupent la plus grande partie de ce volume; je vais en détacher le précis de fes Ordonnances, fans cependant comprendre fes établiffemens dans mon analyfe: voici ce que Saint Louis a fait pour fa Nation.

ORDONNANCE
EN FAVEUR DES ÉGLISES,
ET CONTRE LES HÉRÉTIQUES DU PAYS DE LANGUEDOC.

Avril 1228.

1. LEs Églises de Languedoc jouiront des privi-léges & des immunités de l'Église Gallicane.

2. Ceux que l'Évêque aura condamnés pour quel-que héréfie que ce foit, feront punis fans retar-dement.

3. Perfonne ne pourra donner retraite aux Héré-tiques, ni les défendre, ou les favorifer; & ceux qui contreviendront à ces défenfes ne feront point reçus à témoignage ni à poffeder aucune dignité. Ils ne pourront faite teftament ni fuccéder, & tous leurs biens, meubles & immeubles feront confifqués, fans efpérance pour leurs héritiers d'y pouvoir rentrer.

4. Les Barons & les Baillis du Roi & tous fes Su-jets auront foin de purger le pays d'Hérétiques. Ils les chercheront, & quand ils les auront trouvés, ils les livreront aux perfonnes Eccléfiaftiques pour en faire ce qu'ils devront.

5. Les Baillis, dans les deux premières années, don-neront deux marcs, &, dans les années fuivantes, un marc pour chaque Hérétique à ceux qui les auront

arrêtés dans leur Baillage, après néanmoins que les Hérétiques auront été condamnés.

6. Les Routiers seront chassés du Languedoc, afin que n'y étant plus, il y ait dans ce pays une paix perpétuelle que chacun aura soin d'observer.

7. Personne n'aura commerce avec les excommuniés suivant les Constitutions Canoniques. Et si les excommuniés laissent passer une année sans se faire absoudre, ils y seront contraints par la saisie de leurs biens meubles & immeubles, dont ils n'auront mainlevée que quand ils seront rentrés dans le sein de l'Église, & par ordre du Roi.

8. Les Laïcs restitueront les dixmes qu'ils possèdent, & ne les pourront plus retenir à l'avenir.

9. Les Barons, les Vassaux & les bonnes Villes feront serment qu'ils observeront ces présentes ; & les Baillis qu'ils les feront observer ; à quoi ils seront tenus, sous peine de perdre le corps & les biens.

10. Le frère du Roi, lorsqu'il entrera en possession du Pays de Languedoc, sera tenu de jurer qu'il observera cette Ordonnance & qu'il la fera exécuter.

ORDONNANCE

CONTRE LES JUIFS ET LES USURES.

A Melun, en Décembre 1230.

1. LE Roi & les Barons n'autoriseront plus les Juifs à contracter aucunes dettes.

2. Personne, dans le Royaume, ne pourra retenir le Juif qui appartiendra à un autre, & celui qui en sera le maître le pourra reprendre comme son serf.

3. Les sommes dues aux Juifs seront payées en trois années, & le terme de chaque payement échérra à la Toussaints.

4. Le Roi & les Barons ne permettront pas aux Chrétiens de prêter à usure; on entend tout ce qui est au-delà du sort principal.

5. S'il y a quelques Barons qui ne veulent point observer cette Ordonnance, ils y seront contraints par le Roi, & les autres Barons seront tenus de se joindre à lui & de l'aider de leur pouvoir.

6. Les Juifs représenteront leurs lettres ou leurs obligations à leurs Seigneurs avant la Toussaints prochaine ; &, s'ils y manquent, leurs obligations seront nulles.

E iij

LETTRES

UCHANT LES JUIFS.

En 1234.

1. LE Roi quitte les Chrétiens du tiers des sommes regiftrées qu'ils doivent aux Juifs ; enforte que ce tiers fera rendu à ceux qui auront tout payé , & remis à ceux qui feront encore débiteurs, à condition qu'ils payeront la première moitié des deux parties reftantes à la Touffaints fuivante , & l'autre moitié à la Purification.

2. Les Baillis ne pourront faire emprifonner aucun débiteur pour les dettes des Juifs, ni forcer aucun Chrétien à vendre fes immeubles pour les payer.

3. Les Juifs ne pourront recevoir aucun gage qu'en préfence de gens dignes de foi , & s'ils y manquent , leurs meubles ou cateux feront confifqués.

4. Il eft défendu aux Baillis de prendre quelque chofe pour l'exécution des préfentes , fous peine de l'indignation du Roi , & de confifcation de leurs meubles & immeubles.

ORDONNANCE

TOUCHANT LE RELIEF ET LE RACHAPT DES FIEFS.

En Mai 1235.

1. LORSQU'IL y aura mutation de fiefs de père à fils , fi le fils n'a pas de quoi payer le relief, le Seigneur jouira de fon domaine pendant une année, si le domaine consiste en terres labourables. Le Seigneur aura la moitié des fruits des vignes cultivées, & si elles ne sont pas cultivées, il les fera cultiver & en aura tous les fruits.

2. S'il y a des viviers, ils seront prisés par deux Chevaliers, hommes de foi du Seigneur, s'il les a, sinon il les demandera au Chef du Seigneur. Ces Chevaliers s'informeront combien ces viviers peuvent produire de revenu en cinq années, & le Seigneur en aura la cinquième partie pour son relief. Il en sera de même à l'égard des garennes.

3. Quant aux bois, on estimera ce qu'ils produiront en sept années, & de ces sept années le Seigneur en aura une.

4. Le Seigneur ne prendra rien sur les tailles ou les aydes qui seront dues au Vassal par ses hommes.

5. Le Seigneur aura le relief des arrières-fiefs qui seront ouverts pendant l'année, & à la fin de l'année il aura quatre *Parisis* pour chaque arrière-fief.

6. Si quelque veuve jouit du fief qui est à relever à titre de douaire, l'héritier en fera raison au Seigneur.

7. Après que le Seigneur aura joui du fief pendant l'année pour son relief, il recevra l'hommage de l'héritier, pourvu néanmoins que l'héritier lui donne assurance que dans quatre-vingt jours il le payera de ce qui lui sera dû de son relief sur les viviers & les garennes, &c.

8. Tant que le Seigneur aura en sa main les viviers & les garennes de son Vassal, il sera tenu de les garder de bonne foi.

*

E iv

ORDONNANCE

TOUCHANT LES GUERRES PRIVÉES NOMMÉE LA QUARANTAINE.

LE ROI.

A Pontoise, Octobre 1245.

LORSQU'IL y aura quelque délit pour lequel les parties feront en guerre, il y aura trève pendant quarante jours, à compter du délit, dans laquelle tous les parens des deux parties feront compris, la guerre continuant entre les auteurs de la querelle, &c.

ORDONNANCE

TOUCHANT LE BAIL ET LE RACHAPT DANS LES COUTUMES D'ANJOU ET DU MAINE.

A Orléans, Mai 1246.

1. EN Anjou, la veuve d'un homme Noble ou d'un Seigneur de fief a le bail de fes enfans fans rachapt, & fi elle meurt le bail eft déféré au plus proche parent paternel ou maternel du côté dont la fucceffion eft échue aux meres.

2. Ceux qui auront le bail d'une mineure héritière principale de terre, foit la mère ou un parent côllatéral, feront obligés de donner affurance au Chef Seigneur qu'elle ne fera pas mariée fans fon confentement & fans l'avis de fes parens.

3. Si la veuve d'un Noble ou d'un Seigneur de fief

Balliftre de fes enfans, paffe en fecondes noces, fon mari fera hommage du fief & en payera le rachat.

4. Il n'y a pas de rachat dans les mutations de père à fils, ni de frère à frère, & tous les autres qui tiennent en bail, doivent hommage & rachat.

5. Le parent collatéral héritier préfomptif du fief du mineur en a le bail, mais la garde de la perfonne du mineur appartient au parent collatéral qui eft dans le dégré fuivant, & l'enfant doit être nourri & entretenu fuivant fon état & le revenu de fa terre, &c.

6. L'âge des mâles pour porter la foi & pour entrer en jouiffance de leurs fief eft à vingt-un an commencés.

7. Il en eft du bail & du rachat dans le Maine comme en Anjou, à l'exception que dans le Maine la veuve qui paffe en fecondes noces perd le bail de la terre que fon fils mineur a eue de la fucceffion de fon père, & celui à qui le bail eft dévolu en doit l'hommage & le rachat, à moins qu'il ne foit frère du défunt.

8. A la Ferté-Bernard & dans la Châtellenie, il y a un autre ufage touchant les rachats.

9. L'âge des filles pour faire hommage & tenir fief, fera dès qu'elles auront 14 ans accomplis.

LETTRES

PAR LESQUELLES LE ROI LAISSE A LA REINE SA MERE LA RÉGENCE DE SON ROYAUME.

A Corbeil, Juin 1248.

1. LA Reine Régente choisira qui elle voudra pour l'administration des affaires d'État, & en éloignera qui elle voudra.

2. Elle pourra instituer les Châtellains, les Forestiers & autres Officiers, & les destituer comme elle le jugera à propos.

3. Elle pourra conférer les bénéfices vacans, recevoir le serment de fidélité des Évêques & des Abbés, donner main-levée des régales, & permettre aux Chapitres & aux Monastères de faire leurs élections.

LETTRES

CONTENANT PLUSIEURS RÉGLEMENS POUR LE LANGUEDOC.

A Vincennes, Avril 1250,

1. LEs biens saisis en exécution de l'Ordonnance du mois d'Avril 1228, seront rendus à ceux qui les demandent, à moins qu'ils n'ayent été en fuite par crainte de l'inquisition, ou qu'après avoir été cités, ils n'ayent persévéré dans leur contumace, ou que l'on ait découvert chez eux quelque hérétique caché, ou qu'ils n'ayent été condamnés à être

renfermés, ou qu'ils n'ayent été abandonnés au bras séculier.

2.   Les femmes ne perdront pas leurs biens pour le crime de leur mari. Et quant aux Hérétiques qui feront entrés en Religion avant qu'ils euffent été cités & qui y auront fini leurs jours, leurs biens feront rendus à leurs héritiers.

3.   Ceux qui, avant l'arrivée des Croifés, auront loué leurs biens à des Hérétiques ne les perdront pas pour cela, à moins qu'il n'y ait quelque loi ou quelque coutume contraire.

4.   Celles qui ont époufé des maris avant qu'ils fuffent Hérétiques, ou ceux qui ont conrracté avec des perfonnes qui font devenues enfuite Hérétiques, feront payés, les femmes de leur dot & de leur augment, & les autres de ce qui leur fera dû jufqu'à concurrence des biens, quoique le contraire fe pratique dans les pays coutumiers ou du Languedoc.

5.   Quant à ceux ou celles qui ont contracté avec des Hérétiques manifeftes cités ou notés, ils ne pourroient rien demander.

6.   Si cependant il fe trouvoit quelqu'un qui eût contracté de bonne-foi avec de tels Hérétiques, ils ne perdroient pas ce qui leur feroit dû, à moins qu'il n'y ait quelque décrétale, qui ôte aux Hérétiques le pouvoir d'aliéner & d'obliger leurs biens.

7.   Si ceux contre qui l'inquifition a commencé fes pourfuites, vivent & méritent d'être enfermés, ou fi étant mort, ils le méritoient, leurs biens feroient confifqués; mais s'il n'y a rien de cela, leurs biens leurs feront rendus, ou à leurs héritiers.

8. S'il y avoit néanmoins, dans le cas précédent quelque soupçon d'hérésie, ceux à qui les biens feront ainsi rendus, donneront caution de les restituer, en cas que dans les cinq années suivantes il y ait quelques preuves ou charge nouvelle. Et il leur fera fait défense de par le Roi de rien aliéner pendant ce tems , &c.

9. Ceux qui auront été du parti du Roi Louis VIII. lorsqu'il alla en Languedoc, & qui feront restés en possession de leurs biens n'en feront pas dépouillés pour avoir pris les armes contre le Comte de Montfort ou pour avoir donné secours ou conseil contre lui.

10. S'ils demandoient cependant des biens dont le Comte, en arrivant, se feroit rendu maître, ou qu'il auroit pris sur ceux qui se feroient révoltés contre lui, ces biens ne leur feront pas rendus, à moins qu'ils ne faffent voir que le père du Roi , le Roi, ou le Comte de Montfort n'en ayent ordonné la restitution, ou à moins qu'ils ne les aient possédés publiquement ou paisiblement pendant vingt années depuis l'arrivée du père du Roi en Languedoc.

11. Les biens confisqués de ceux qui se font opposés au Roi dans la guerre de Trincavel & du Comte de Toulouse, ne leur feront pas rendus, à moins qu'ils ne faffent voir que le Roi ou ses prédécesseurs leur en aient fait grace.

12. A l'égard de ceux qui n'ont pas porté les armes dans la guerre de Trincavel & du Comte de Toulouse, mais qui demeuroient alors avec les ennemis, s'ils demandent des biens , dont eux, ou ceux dont ils font héritiers ne possédoient pas dans le tems de la guerre, ils ne feront pas écoutés, à moins

qu'il n'y ait preuve de minorité, de démence ou de violence de la part des ennemis. Il en fera de même des femmes qui demeuroient chez les ennemis, à moins qu'elles n'ayent eu part à leur rebellion.

13. On ne payera rien aux femmes ni aux créanciers qui ont contracté avec les rebelles depuis leur crime. Quant a ceux qui ont contracté auparavant ils feront payés à concurrence des biens.

14. A l'égard des immeubles que ceux de Carcaffone poffédoient dans le tems de la guerre, il leur en fera fait récompenfe, fuivant la lettre du Roi, adreffée au Sénéchal qui étoit alors.

15. Pour les jardins qui font autour de la Ville, on s'en rapportera à la dépofition des témoins qui feront produits.

16. Et attendu que l'on fait demande de plufieurs biens qui ont été donnés à cens ou rentes, fi ce font des perfonnes Eccléfiaftiques qui les revendiquent, elles agiront contre les poffeffeurs. Il en fera de même des biens des Laïcs, à moins qu'il n'ait été fait mention expreffe d'eux dans le bail, ou qu'il n'y ait preuve qu'il y ait eu intention de donner leurs biens à rente, quoique dans le bail il ne foit point parlé d'eux, auxquels deux cas les demandeurs entreront en compofition avec les poffeffeurs, ou les poffeffeurs avec les demandeurs, fans que la prefcription de quarante années puiffe être oppofée.

17. Il ne fera rien rendu à ceux qui ont pris à ferme les revenus du Roi, moyennant une certaine fomme de Tournois, ou de Melgloires par an, fous prétexte

que depuis le bail l'une de ces monnoies a ceſſé d'avoir cours.

18. Ceux dont les maiſons bâties nouvellement dans le Bourg de Carcaſſone, entre la Ville & la riviere, ont été abbattues par l'ordre du Maréchal du Roi en feront dédommagés.

19. Les tailles impoſées par le Comte de Montfort & payées au Roi, feront levées ſur le même pied, & s'il y a eu quelque augmentation, elle ſera ôtée.

20. Dans les lieux où il y a eu confiſcation de terre au profit du Roi, la taille ſera diminuée à proportion des confiſcations, juſqu'à ce que ces terres ſoient retournées à des taillables.

21. Dans les lieux où il n'y aura plus de tailles, les anciens droits qui étoient dus dans le pays d'Alby, & qui avoient ceſſé d'être payés depuis l'impoſition des tailles feront confiſqués.

22. A l'égard des tailles de C. ... des lieux qui ſont près de Niſmes, & des places qui ont été miſes en la main du Roi, & qui ſervoient aux uſages publics, on en compoſera.

23. Les cens ou redevances portant lods, impoſées ſur les aleux feront ôtés, & l'on n'en impoſera plus dans la ſuite.

24. Les Baillis ne permettront pas que les fiefs qui relèvent du Roi ſoient vendus ſans ſon conſentement, à moins qu'on ne prouve que la coutume ſoit contraire; ce que le Roi ſe réſerve à examiner.

25. Si l'on n'a autre choſe à oppoſer à B..... ſinon qu'il s'eſt rendu caution d'E... Sa demande doit être écoutée, étant conſtant qu'il ne s'eſt pas

rendu caution , fous peine de confifcation de fes
biens ; & que d'ailleurs la terre d'E. . . appartient
au Roi par confifcation.

26. Quant aux enfans des Rebelles , on fuivra les
difpofitions du Droit Canonique , pratiquées dans
le Pays.

27. Toutes ces difpofitions feront obfervées par les
Baillis & par tous les Seigneurs, &c.

ORDONNANCE

POUR LA RÉFORMATION DES MŒURS DANS

LE LANGUEDOC ET LE LANGUEDOIL.

A Paris , Décembre 1254.

1. LE s Sénéchaux & autres Officiers des Bailliages
de Beaucaire & de Cahors feront obligés de faire le
ferment qui fuit , & fi les Sénéchaux le violent , le
Roi s'en réferve la punition.

2. Les Sénéchaux de ces deux Baillages jureront
qu'ils rendront la juftice fans diftinction des perfonnes & fuivant la coutume & les ufages approuvés.

3. Qu'ils conferveront de bonne-foi les droits du
Roi fans faire préjudice à ceux des particuliers.

4. Qu'ils ne recevront aucun préfent , fi ce n'eft
des chofes à boire ou à manger & dont la valeur
n'excédera pas la fomme de dix fols en une femaine. Qu'ils ne permettront point à leurs femmes ,
leurs enfans , &c. d'en recevoir , & qu'ils les feront
rendre quand leurs femmes ou leurs enfans , &c. en
auront pris , dès qu'ils en auront connoiffance.

5. Qu'ils n'emprunteront par eux, ou par d'autres de ceux qui feront domiciliés dans leurs Sénéchauffées, ou des perfonnes qui auront, ou qui feront fur le point d'avoir des procès devant eux, au-delà de la fomme de vingt livres qu'ils rendront dans deux mois, à compter du jour du prêt, quand même le créancier voudroit attendre.

6. Qu'ils n'enverront aucun préfent à ceux du Confeil du Roi, à leurs femmes, leurs enfans, leurs domeftiques, à ceux qui feront prépofés pour exa-miner leurs comptes, ni à ceux qui feront envoyés pour informer de leur conduite.

7. Qu'ils n'auront aucune part dans le profit des ventes ou des adjudications qui feront faites des Baillis inférieurs, des rentes dues au Roi, des mon-noies, &c.

8. Qu'ils ne protégeront point les Baillis inférieurs qui malverferont dans leurs Offices, qui abuferont de leur pouvoir, qui commettront des exactions qui feront fufpects d'ufure, ou qui méneront une vie fcandaleufe, mais qu'ils les corrigeront.

9. Les Juges & les Viguiers de chaque lieu jure-ront qu'ils ne donneront rien aux Sénéchaux, à leurs parents, ni à leurs domeftiques, & qu'ils ob-ferveront tout ce qui a été marqué ci-deffus.

10. Les Viguiers que les Sénéchaux ou les Baillifs fubftituent en leur place ne pourront entrer en exercice qu'après avoir fait le ferment en la forme prefcrite par cette Ordonnance.

11. Le ferment fera fait publiquement dans les affifes quand même il auroit été fait auparavant devant le Roi.

12.

12. Les Sénéchaux, ceux qui tiennent des Offices sous eux, & tous ceux qui reçoivent des gages du Roi dans ces deux Baillages ne proféreront aucune paroles contre l'honneur de Dieu, de la Sainte Vierge & des Saints, & ils s'abstiendront du jeu de dez, de celui d'échets, de la fornication, & des tavernes.

13. Les Baillis superieurs ne pourront acheter directement, ni indirectement, sans la permission du Roi, des immeubles dans leurs Baillages pendant l'exercice de leur charge, & s'ils en acquièrent la vente en sera nulle, & les immeubles seront confisqués au Roi, s'il lui plaît.

14. Tant qu'ils seront Baillis, ils n'y pourront prendre des filles en mariage pour eux, pour leurs parents, leurs domestiques, ni mettre leurs domestiques ou leurs parents dans des Monastères, ou leur faire avoir des Bénéfices.

15. Ils ne pourront prendre des gîtes ou des repas dans les maisons Religieuses ou dans le voisinage aux dépens de ces maisons sans la permission du Roi.

16. La défense qui vient d'être faite aux Baillis d'acquérir des fonds, & de prendre des filles en mariage, n'est pas pour les Prevôts ni les autres Officiers inférieurs.

17. Les Sénéchaux & les Baillifs qui sont sous eux auront peu de Bedeaux ou Sergens pour exécuter leurs jugémens; & nul ne sera réputé Sergent ou Bedeau, à moins qu'il n'ait été nommé publiquement dans les assises.

18. Les Sergens ou Bedeaux qui seront envoyés dans les lieux éloignés, ne seront point crus, s'ils n'ont

F

des commiſſions de leurs Supérieurs ; & ſi , ſans en avoir , ils font quelqu'éxécution, les Sénéchaux les en feront punir.

19. Les Sénéchaux & les Baillis , inférieurs ou ſubalternes ne pourront faire arrêter perſonne pour dettes , ſi ce n'eſt pour celles du Roi.

20. Ils ne pourront auſſi détenir pour crime celui qui pourra ſe juſtifier , a moins que le crime ne ſoit énorme & que l'accuſé n'en ſoit convaincu ou par ſa confeſſion ou par des preuves ſuffiſantes , ou qu'il n'y ait des préſomptions ſi fortes , que le Juge eſtime d'en uſer autrement.

21. Et parce que l'uſage eſt dans ces deux Sénéchauſſées de faire des enquêtes en matière criminelle ; elles feront communiquées à l'accuſé lorſqu'il le demandera.

22. Les perſonnes de bonne renommée , quand même elles ſeroient pauvres , ne ſeront pas miſes à la queſtion ſur la dépoſition d'un ſeul témoin.

23. Les Baillis ne pourront lever aucune amende pour crimes ou délits , à moins que ceux qui les ont commis n'ayent été condamnés à la payer, ou qu'ils ne l'ayent offerte , au cas que le délit ne mérite qu'une peine pécuniaire , & les Juges ni les Baillis , n'intimideront ou n'accuſeront perſonne pour faire offrir ainſi des amendes.

24. Ceux qui auront acheté des Baillages inférieurs du Roi, ne les pourront revendre à d'autres. S'il y a pluſieurs acheteurs , il n'y en aura qu'un qui exercera la Juſtice , & qui jouira de l'exemption des chevauchées, des tailles & des autres charges publiques. Les Sénéchaux ne les pourront vendre à

leurs enfans, frères, &c. & ceux qui les auront achetés ne pourront poursuivre le payement de leur dettes dans les Baillages ; mais dans Sénéchauffées feulement.

25. Les Sénéchaux & les Baillis fubalternes tiendront leurs audiences dans les lieux où ils ont accoutumé de les donner.

26. Ils ne pourront priver perfonne de la poffeffion ou de la faifine de fon héritage fans connoiffance de caufe, ou fans le mandement fpécial du Roi. Ils ne pourront charger le peuple d'aucune impofition. Ils n'ordonneront point de chevauchée pour en tirer de l'argent, mais feulement pour des caufes néceffaires, & ils ne pourront forcer à payer finance ceux qui voudront fervir en perfonne.

27. Ils ne feront aucune défenfe de tranfporter des bleds & des vins, &c. hors de leurs territoires, que quand elles feront néceffaires & avec confeil, & ils ne les révoqueront pas fans confeil, &c.

28. On ne pourra porter dans aucun tems des armes aux Sarrafins, des vivres, ni d'autres marchandifes tant qu'ils feront en guerre avec les Chrétiens, ni prêter aucunes autres chofes aux ennemis du Roi, fans fa permiffion, s'il n'y a trève.

29. A l'avenir les parties qui plaideront & qui fuccomberont, payeront, au lieu de dépens, la dixième partie de la valeur de la chofe controverfée. Les débiteurs affignés qui ne contefteront pas leurs dettes, feront condamnés de les payer à un jour certain, fans amende, & s'ils ne payent point les créanciers fe pourvoiront fur leur biens.

F ij

30. Si quelqu'un, après son serment, nie en jugement ce qu'il aura fait, ou dit, & si le contraire
étant prouvé, il est condamné, il perdra le bénéfice
de l'appel.

31. Les Baillis supérieurs ou subalternes seront obligés, après que leurs fonctions seront finies, de rester
ou de laisser du moins un Procureur suffisant dans
le lieu où ils auront exercé leurs offices, pendant
cinquante jours pour se défendre contre les plaintes
qui seront faites contre eux par devant ceux qui
seront commis à cet effet par le Roi.

32. L'Ordonnance contre les usures, les blasphêmes
& les sortilèges des Juifs, & qui enjoint de brûler
leurs livres sera éxécutée.

33. L'Édit de Melun, du mois de Décembre de l'an
1230 sera éxécuté.

34. Les femmes publiques seront chassées, tans des
Villes que de la campagne, & celui qui leur aura
loué sciament sa maison, la perdra.

35. Personne ne jouera aux dez ni aux échecs. Il n'y
aura point d'Académies de jeu, & ceux qui les tiendront seront punis.

36. Ceux qui tiennent des tavernes & des cabarets ne
pourront loger chez eux que des passans, ou des
voyageurs.

37. Dans les terres du domaine du Roi, personne ne
pourra prendre le cheval d'un autre sans son con-
sentement, si ce n'est pour le service du Roi: auquel
cas le cheval ne sera pris que par l'autorité des Sénéchaux, ou d'autres Officiers inférieurs, &c. qui ne

pourront prendre les chevaux des paſſans, des Marchands, ni des pauvres.

38. Perſonne ne pourra auſſi prendre les chevaux des Eccléſiaſtiques, ſi ce n'eſt par l'exprès commandement du Roi.

ORDONNANCE

POUR L'UTILITÉ DU ROYAUME.

A Paris, 1256.

1. Tous les Sénéchaux, Baillis, & autres Officiers feront ſerment qu'ils rendront la juſtice ſans diſtinction des perſonnes ſuivant les coutumes des lieux.

2. Qu'ils conſerveront fidèlement les droits & les rentes du Roi.

3. Qu'ils ne prendront directement ni indirectement aucuns bénéfices, ni aucuns dons, ſi ce n'eſt de fruits & de vins, dont la valeur n'excédera pas la ſomme de dix ſols.

4. Qu'ils ne permettront pas que leurs femmes, leurs enfans, &c. reçoivent aucuns préſens & qu'ils n'en feront point à ceux qui feront prépoſés pour éxaminer leurs comptes, ou pour informer de leur conduite.

5. Qu'ils n'auront aucun part dans le profit des ventes, ou des marchés, ni dans les baux qu'ils feront des rentes du Roi, de ſes Prevôtés, Baillages, Eaux & Forêts, de ſes Monnoyes & de ſes autres droits, &c.

5. Qu'ils n'accorderont aucune protection aux Officiers ou Sergens qui mériteront d'être privés de leurs Offices à cauſe de leurs uſures, vols & autres vices.

7. Les Prévôts, Viguiers, Vicomtes, Maires, Forestiers, Sergens & autres Officiers subalternes jureront qu'ils ne feront aucun présent à leurs supérieurs, à leurs femmes, ni à leurs enfans, &c.

8. Afin que ce serment soit plus solennel, il sera fait en pleine place, & il y sera réitéré, quand même il auroit été fait devant le Roi.

9. Les Sénéchaux, Baillifs, & autres Officiers ne proféreront aucune parole impie contre Dieu, la Vierge & les Saints, & ils s'abstiendront du jeu de dez, des mauvais lieux & des tavernes.

10. On ne fera point de dez dans tout le Royaume, & ceux qui seront en réputation d'y jouer, & de fréquenter les tavernes & les mauvais lieux seront infâmes & ne pourront porter témoignage.

11. Les femmes publiques seront chassées des bonne Villes, & sur-tout des grandes rues qui y seront. Elles seront hors des murs & dans les faux-bourgs, loin des Églises, des Cimetières. Et quiconque leur louera des maisons dans les Villes, en perdra 1 loyer d'une année.

12. Il n'y aura que ceux qui ne demeurent point dans les Villes qui pourront boire dans les tavernes.

13. Les Sénéchaux, Baillis, Receveurs & autres Officiers supérieurs ne pourront acheter des immeubles dans les lieux où ils exerceront leurs Offices, ni aucunes dettes dont le Roi soit débiteur sans sa permission. Et s'ils en acquierrent, le Roi les pourra mettre en sa main s'il lui plaît.

14. Ils ne pourront marier leurs enfans ni aucuns de ceux qui leurs appartiennent à des personnes demeurantes dans les lieux de leurs Offices sans la permission du Roi, ni les mettre en Religion, leur faire avoir

des Bénéfices & leur acquérir des immeubles.
Ils ne pourront aussi prendre gîte dans les maisons
Religieuses, ni à leurs dépens dans des maisons voisines, & ils ne recevront ni robes ni pensions de
ceux qui auront affaire au Roi.

15.   Cette défense de marier ses enfans & d'acquérir
des immeubles ne sera que pour les Officiers supérieurs, & non pour les petits Officiers.

16.   Les Sénéchaux n'auront de Sergens que ce qu'il en
faudra pour mettre à éxécurion les ordres du Roi, &
de ses Cours, les Sergens seront nommés en pleines
affises, & s'ils font des éxécutions dans des lieux
éloignés, sans Lettres ou Commissions de leurs Supérieurs ils seront punis.

17.   Les Sénéchaux, Baillis ou autres Officiers ne vé-
xeront point injustement les sujets du Roi & ne feront mettre personne en prison pour dettes, si ce
n'est pour celles du Roi.

18.   Les Sénéchaux, les Baillis & autres Officiers ne
léveront aucune amende, à moins que les Parties n'y aient été condamnées en jugement. Si néanmoins celui qui seroit repris d'aucun blâme, offroit
de la payer sans attendre le jugement, si elle étoit
convenable, elle pourroit être reçue.

19.   Ceux qui tiendront les Prevôtés du Roi ou autres
Offices, ne les pourront revendre à d'autres sans sa
permission, & si plusieurs prennent ensemble de ces
Offices, il n'y aura qu'un d'eux qui en fera l'exercice,
& qui jouira des franchises qui y sont attachées.

20.   Les Baillis & Sénéchaux ne pourront vendre les
Prevôtés & autres Offices à leurs parens, freres, neveux, aux aînés de leurs parens ni à des Gentils-
hommes, & ceux qui les auront achetés ne pour-

ront pourfuivre le payement de leurs dettes particulières que pardevant les Sénéchaux & les Baillis ,
ou autres Juges fupérieurs, comme s'ils n'étoient
point au fervice du Roi.

21. Les Baillis & Sénéchaux & autres Officiers ne
léveront point injuftement des amendes & n'accu-
feront perfonne , à cet effet , fans caufe raifonnable.

22. Ils feront les fonctions de leurs Offices aux
lieux accoutumés.

23. Ils ne défaifiront perfonne fans connoiffance de
caufe, ou fans ordres exprès du Roi. Ils ne léveront
point de nouvelles éxactions ; ils n'ordonneront
point de chevauchées inutiles pour en tirer de l'argent, & ceux qui auront été fommés quand elles
feront ordonnées juftement, auront la liberté de donner de l'argent ou de fervir en perfonne.

24. Ils n'empêcheront point le tranfport des bleds
fans caufe raifonnable. S'ils en font des défenfes, ce
ne fera que par le confeil de gens fages, fans fraude-
de , & ils ne feront grace à perfonne.

25. Les Sénéchaux & autres Officiers feront obligés
de refter ou de laiffer les Procureurs dans les lieux
où ils auront éxercé leurs Offices pendant quarante
jours pour défendre aux plaintes qui feront faites
contre eux pardevant les nouveaux Sénéchaux &
les autres Officiers qui leur auront fuccédé.

26. Le Roi fe réferve le pouvoir d'interpréter, d'aug-
menter & de diminuer la préfente Ordonnance.

ORDONNANCE

TOUCHANT LES MAIRIES DANS TOUTES LES BONNES VILLES DU ROYAUME.

Vers 1256.

1. LEs Maires feront élus en France le lendemain de la Saint Simon Saint Jude.

2. Les nouveaux Maires, les anciens & quatre notables, dont deux auront eu l'adminiftration des biens de la Ville pendant l'année, viendront aux octaves de la Saint Martin rendre compte de leur recette à Paris.

3. Les Villes de commerce ne pourront, fans la permiffion du Roi, prêter à perfonne ni faire aucun préfent fi ce n'eft de vin en pot où en barils.

4. Il n'y aura que le Maire ou celui qui tient fa place qui pourra aller en Cour, ou ailleurs pour les affaires de la Ville. Il ne pourra avoir avec lui que deux perfonnes avec le Clerc ou le Greffier, & celui qui portera la parole; & ils ne pourront tous faire plus de dépenfe qu'ils en feroient s'ils alloient pour leurs propres affaires.

5. Les deniers de la Ville feront mis dans un coffre commun, & perfonne n'en pourra rien retenir, fi ce n'eft celui qui fera la dépenfe qui pourra avoir jufqu'à vingt livres.

ORDONNANCE

TOUCHANT L'ÉLECTION DES MAIRES DANS LES BONNES VILLES DE NORMANDIE.

En 1256.

1. LE lendemain de la S. Simon & S. Jude celui qui aura été Maire pendant cette année, les notables de la Ville, choisiront trois Prud'hommes qu'ils présenteront au Roi à Paris aux octaves de la St Martin suivante, dont le Roi choisira un pour être Maire. Tous les ans le lendemain de la S. Simon S. Jude, on rendra compte devant ces trois Prud'hommes de l'état de la ville, & le Maire & ces trois Prud'hommes apporteront le compte en la Chambre des Comptes aux octaves de la S. Martin d'hyver.

2. Les villes de commerce ne pourront sans la permission du Roi, prêter à personnes, ni faire aucun présent, si ce n'est de vin en pots ou en barils.

3. Il n'y aura que le Maire ou celui qui tiendra sa place qui pourra aller en Cour ou ailleurs pour les affaires de la Commune. Il ne pourra avoir avec lui que deux personnes, avec le Clerc, ou Greffier de la ville, & une personne pour porter la parole. Et ils ne pourront tous faire plus de depenses qu'ils en feroient s'il alloient pour leurs propres affaires.

4. Les deniers de la ville seront mis dans un coffre commun, & personne n'en pourra rien retenir, si ce n'est celui qui fera la dépense de la ville qui en pourra avoir jusqu'à vingt livres. Et chaque commune ne levera de taille qu'autant qu'il en faudra pour payer ses dettes ou les intérêts qui en seront échus.

ORDONNANCE

TOUCHANT LA GUERRE PRIVÉE , ET LA TREVE NOMMÉE LA QUARANTAINE.

LE ROI.

A S. Germain en Laye. Janvier 1257.

LEs guerres privées & les incendies font défen-
dues dans tout le Royaume Les Laboureurs ne doivent plus être troublés dans la culture des terres , &
fi dans le Diocèfe du Puy l'on contrevient à l'Ordonnance faite en 1245 fur ce fujet , le Sénéchal prêtera
main forte à l'Evêque pour la confervation de la
paix , & pour faire punir ceux qui en feront les in-
fracteurs.

ORDONNANCE

TOUCHANT LES USURES ET LES BIENS DES JUIFS.

A Paris en 1257 ou 1258.

1. LEs ufures extorquées par les Juifs , & quelques
ufuriers de Normandie dont le Roi avoit pris les
biens, feront reftituées à ceux qui les auront payées,
ou à leurs héritiers.

2. Ce qui aura été fouftrait ou reçu du biens des
Juifs dont les Baillis , les Prévôts & autres n'auront
pas rendu compte , fera retiré des mains des vendeurs
& des acquereurs & mis en la main de perfonnes
fûres & dignes de foi.

3. Les Commiffaires députés pour l'éxécution des préfentes, pourront vendre les maifons, les rentes & les autres biens immeubles des Juifs à l'exception des anciennes Synagogues.

4. Si le Roi décédoit avant l'éxécution des préfentes, il veut que les Commiffaires par lui nommés, les accompliffent après fon décès comme éxécuteurs de fon teftament.

ORDONNANCE

TOUCHANT LES BATAILLES OU LES DUELS ; ET LA PREUVE PAR TÉMOINS.

En 1260, au Parlement, des octaves de la Chandeleur.

1. LE Roi défend les batailles dans fes domaines, & établit en leur place la preuve par témoins.

2. Celui qui accufera un autre de meurtre, fe foumettra à la peine du talion. On l'avertira qu'il n'y a plus de batailles, qu'il fera obligé de faire fa preuve par témoins, & que les témoins pourront être reprochés par fon adverfaire.

3. Celui qui voudra fe défifter de fon accufation, le pourra faire fans peine & fans péril. S'il la veut pourfuivre, il fuivra la coutume, & il aura fes délais ou répis. Mais au lieu de la bataille, la preuve fe fera par témoins, que la juftice entendra aux dépens de celui qui la requerera.

4. Si l'accufé veut reprocher les témoins, il fera entendu. Si fes raifons font bonnes & notoires, les témoins feront rejettés. Si fes raifons ne font pas bonnes, s'il nie le fait & produit d'autres témoins, tous ces témoins seront entendus , & la justice jugera suivant leurs dépositions après qu'elles auront été publiées aux parties.

5. Si après la publication l'accusé avoit quelque chose à dire contre la déposition des témoins , ils seront de rechef entendus , & ensuite le jugement sera rendu. Il en sera de même dans les accusations de trahison , de rapine , d'arsin , & d'autres crimes où il y aura péril de perdre la vie ou quelques membres.

6. Dans le cas marqués ci-dessus , les Baillis n'auront la connoissance que jusqu'aux preuves , & renverront les procès en la Cour , afin que les preuves y soient entendues.

7. En matiere de servitude ou de main-morte , la preuve se fera par témoins & par titres ; & si le demandeur ne prouve pas , il payera l'amande à la volonté du Seigneur.

8. Dans les pays où les roturiers peuvent appeller des jugemens de leurs Seigneurs , les procédures ou erremens seront portés en la Cour du Roi où le jugement dont est appel sera confirmé ou mis au néant , & la partie qui succombera condamnée en l'amende.

9. Si quelqu'un interjette appel contre son Seigneur de déni de justice , le déni doit être prouvé par témoins. Si le déni n'est point prouvé , celui qui aura interjetté appel en sera puni suivant la coutume du pays , & si le déni est prouvé , le Seigneur perdra ce qui lui est dû.

10. Ce qui est dit ci-dessus aura lieu dans les contestations touchant les servitudes ou main-mortes , & les appellations de déni de justice , pourvû que les dépositions des témoins ayent été publiées aux parties comme on l'a déjà dit.

11. Ceux qui auront dépofé fauffement, feront punis à l'arbitrage des Juges.

12. Tout ce que deffus n'aura lieu que dans le Domaine du Roi & non dans les terres de fes Barons.

ORDONNANCE ou REGLEMENT

TOUCHANT LES MONNOYES.

En 1262, vers la mi-Carême.

1. LEs Monnoyes que les Seigneurs peuvent faire fabriquer, feront des deux côtés, différentes de celles du Roi.

2. Dans les lieux où il n'y a point de Monnoye particuliere, nulle autre n'aura cours que celle du Roi, à commencer à la fête de S. Jean prochaine 1263, & dans les lieux où il y a des Monnoyes particulieres, celle du Roi aura auffi cours.

3. Les Parifis & les Tournois quoiqu'ufés, ne laifferont pas que d'avoir cours, pourvû néanmoins qu'on les puiffe connoître tant du côté de croix que de pile. Le Roi les prendra en payement, & ils auront cours dans fes domaines.

4. Celui qui rognera les monnoyes du Roi, fera puni corporellement, & fes biens feront confifqués.

ORDONNANCE ou REGLEMENT

TOUCHANT LES MONNOYES.

En 1265.

1. DAns la Terre du Roi les purs Tournois, les Parifis & les Lœvefiens auront cours, deux pour un Parifis.

1. Les Nantois à l'écu , & les Angevins feront pris quinze pour douze Tournois ; les Mançois un pour deux Angevins, & l'efterlin pour quatre Tournois ; & fi quelqu'un les met ou les prend fur un autre pied , ils feront confifqués.

2. Les Monnoyes contrefaites fur celles du Roi , les Poitevins, les Provençaux & les Touloufains n'auront plus cours. Ils feront percés du jour de l'attirement jufqu'à la mi-Août , & après la mi-Août tous ceux qui ne feront point percés feront confifqués.

3. Cette Ordonnance , ou cet attirement fera exécuté par toute la Terre du Roi , & dans les Terres des Seigneurs qui n'ont point de propres monnoyes. Quant aux Terres des Seigneurs qui ont droit de battre monnoye , les leurs y auront cours, & celles qui ont été nommées ci-deffus , & les contrefaites, n'y feront point prifes.

ORDONNANCE

TOUCHANT LE COURS DES ESTERLINS.

Au Parlement de la Touffaints en 1265.

1. LEs Efterlins n'auront cours dans le Royaume que pour quatre Tournois, à compter du jour de cette Ordonnance jufqu'à la mi-Août. Et fi quelqu'un le prenoit, ou les mettoit pour plus de quatre deniers, il en payeroit l'amende à la volonté du Roi.

2. Après la mi-Août les Efterlins ne feront pris qu'au poids, & fi quelqu'un les mettoit ou prenoit autrement , il les perdroit.

LETTRES

PORTANT INJONCTION A TOUS LES BAILLIS DE CHASSER DE LEUR TERRITOIRE ET FAIRE CHASSER DES TERRITOIRES DES SEIGNEURS, LES LOMBARDS, CAORCINS, ET LES AUTRES USURIERS ÉTRANGERS.

Janvier 1268.

1. LEs Baillis Royaux chafferont de leur territoire les Lombards, les Caorcins, & les autres étrangers ufuriers. Ils leur donneront un délai de trois mois pour en fortir, pendant lequel ceux qui leur ont donné des meubles en gages, pourront les retirer en payant feulemenr le principal.

2. Les Baillis requereront des Seigneurs qu'ils faffent la même chofe dans leurs terres. Et fi dans les trois mois les Seigneurs n'y ont fatisfait, ils y feront contraints.

3. Les Marchands Lombards, Caorcins & autres pourront aller & venir dans le Royaume pour y faire leur commerce, pourvû qu'ils n'y éxercent aucunes ufures, & qu'ils ne faffent rien qui mérite punition.

EDIT

EDIT OU ORDONNANCE

TOUCHANT LES ÉLECTIONS, LES PROMOTIONS, LES COLLATIONS DES PRÉLATURES, &c.

Mars 1268.

1. LEs Prélats, Patrons & les Collateurs des bénéfices jouiront pleinement de leurs droits.

2. Les Eglifes Cathédrales & les autres Eglifes du Royaume auront la liberté entière de faire leurs élections.

3. Le crime de fimonie fera banni de tout le Royaume.

4. Les promotions, les collations des prélatures & autres bénéfices feront faites fuivant le droit commun, fuivant les décrets des Conciles & les décifions des Peres.

5. Les éxactions infupportables de la Cour de Rome, par lefquelles le Royaume fe trouve malheureufement appauvri, ne feront plus levées à l'avenir, fi ce n'eft pour d'urgentes néceffités, & du confentement du Roi & de l'Eglife Gallicane.

6. Les libertés, les franchifes, les immunités, les droits & les priviléges accordés par les Rois aux Eglifes & aux Monaftères leur feront confirmés.

ORDONNANCE

CONTRE CEUX QUI JURENT LE VILAIN
SERMENT, C'EST-A-DIRE, QUI BLASPHÊ-
MENT CONTRE DIEU, LA VIERGE ET
LES SAINTS.

En 1268. ou 1269.

1. IL fera crié tous les mois que personne ne blafphême contre Dieu, la Vierge & les Saints, fous
les peines portées par la préfente Ordonnance. Et
celui qui aura entendu proférer quelque blafphême
& qui n'en avertira pas la Juftice, en payera l'amende au Seigneur.

2. Celui qui à quatorze ans ou plus, aura proféré
quelque horrible blafphême, payera quarante livres
d'amende, ou au moins vingt livres, felon la condition de la perfonne & l'énormité du blafphême.
Et s'il étoit fi pauvre qu'il ne la pût payer, ou quelqu'un pour lui, il fera mis à l'échelle une heure de
jour, en un lieu public de la Juftice du Roi, & enfuite conduit en prifon pour y jeûner pendant fix à
huit jours au pain & à l'eau.

3. Celui qui à cet âge aura proféré quelque blafphê-
mes moins horrible, payera dix livres, ou au moins
vingt fols felon l'énormité du blafphême ; & s'il ne
ne peut payer cette fomme, il fera mis à l'échelle
une heure de jour, & enfuite en prifon pendant trois
jours au pain & à l'eau.

4. Et fi le blafphême eft encore moins grand que le
précédent, l'amende fera de quarante fols, & au
moins de cinq fols, fuivant la qualité du méfait, &

la condition de la perſonne , & ſi elle ne peut payer elle ſera miſe en priſon pendant un jour & une nuit au pain & à l'eau.

5. Si celui qui a blaſphêmé n'a que dix ans & plus juſqu'à quatorze ans , il ſera battu de verges nud , plus ou moins ſuivant la grieveté du méfait. L'homme ſera battu par un homme , & la femme par une femme , hors la préſence des hommes , à moins qu'ils ne ſe rachetent en payant une ſomme convenable.

6. Celui qui aura été dénoncé à la Juſtice , ſera tenu de répondre. S'il nie le méfait , les témoins ſeront entendus après avoir fait ſerment , & s'il eſt convaincu , il ſera puni ſur le champ. Les témoins ſeront contraints par corps & par ſaiſie de leurs biens , de dépoſer , & s'ils ſont de différente Juſtice , l'une entendra les preuves à la priere de l'autre , & les renverra cachetées.

7. L'amende ſera diviſée en quatre parties. Le dénonciateur en aura une , la Juſtice l'autre , le Seigneur la troiſième , & la quatrième ſera réſervée pour le dénonciateur , quand les malfaiteurs ſeront ſi pauvres , qu'ils ne pourront payer l'amende.

8. Les Baillis , les Prévôts & les autres Juges , même ceux des Seigneurs jureront qu'ils tiendront la main à l'éxécution des préſentes. Ceux qui ſeront trouvés en défaut payeront la même amende que s'ils avoient commis le méfait ; & celui qui aura dénoncé le défaut du Juge , aura la moitié de l'amende.

9. La préſente Ordonnance ſera obſervée dans les Terres du Roi , dans celles des Seigneurs , & dans les villes de commune. Elle ſera publiée dans toutes les aſſiſes. Si un Seigneur ne peut faire juſtice dans ſa terre , il aura recours aux Seigneurs ſupérieurs en re-

montant de degré en dégré jufqu'au Roi , & les Sergens des Seigneurs fupérieurs ne pourront faire
aucune dénonciation dans la Juftice des Seigneurs
inférieurs , ni les fergens des Seigneurs inférieurs
dans les Juftices des Seigneurs fupérieurs.

ORDONNANCE

TOUCHANT LES DIXMES.

A Paris ou à Sens, Mars 1269.

LEs perfonnes laïques qui poffédent des Dixmes
dans les terres du Roi & dans les Fiefs qui relevent
de lui immédiatement , les peuvent céder aux Eglifes à quelques titres que ce foit , fans qu'il foit befoin
d'en avoir le confentement du Roi.

LETTRE DE SAINT LOUIS,

A MATHIEU, ABBÉ DE SAINT DENIS,

ET A SIMON DE NESLE

A Aiguemortes , le 25 Juin 1269.

1. LEs Régens du Royaume, les Baillis & les Prévôts pourront changer ou ajoûter à l'Ordonnance,
faite en 1268 , contre le vilain ferment, & ils auront foin de bannir du Royaume , ce crime qui
n'y eft que trop commun.

2. Pour connoître fi l'Ordonnance contre le vilain
ferment aura été bien exécutée, on fera rendre
compte aux Baillis , des amendes auxquelles ils
auront condamnés les blafphémateurs.

3. Tout ce qui reviendra de ces amendes au Roi
sera diftribué aux pauvres.

4. Il fera ordonné dans chaque Paroiffe que l'on aura
une attention particuliere à la punition de ce crime,
& ceux qui à cet égard ne feront pas leur devoir
feront repris & même punis.

5. Les femmes publiques feront chaffées, tant des
Villes que des autres lieux, & le Royaume fera
purgé de malfaiteurs & de fcélérats. Les Églifes &
les perfonnes Eccléfiaftiques feront protégées contre
les violences. Les droits du Roi & de fes fujets
feront défendus. Les plaintes des pauvres feront
écoutées, & ia Juftice leur fera rendue éxactement.

6. Les Juges qui feront connus pour avoir reçus des
préfens, ne feront pas admis au Confeil du Roi,
& ceux pareillement qui feront diffamés par des
crimes notoires.

7. Les fermens prêtés au Roi par ceux qui font de
fon Confeil feront révoqués, & les Régens en
exigeront de nouveaux de tous, à l'exception des
Prélats & des Évêques.

Page 57 (n°. 9) Saint Louis fut fait prifonnier à la bataille de la Maffoure, auprès de la petite Ville de
Caffel. Au moment où les Sarrazins s'emparèrent de
lui, il étoit fi tranquille, qu'il demanda fon bréviaire
à fon Aumônier pour dire fes Nones. *Ludovicus Rex
in manus Sarracenorum incidit & cum videret horam diei
nonam inclinare ad vefperam, petiit à quondam capellano ea*

Suo breviarium, ut laudes domino decantaret. Nangis page 356. Duchefne-Tome 5. Tout le monde fait que le Roi Jean fut également fait prifonnier à Poitiers, & François I à Pavie. Lorfque Philippe le Hardi revint en France après la mort de Saint-Louis, il ne rapporta que des cercueils ; il avoit perdu dans fes voyages d'Outremer fon pere, fon frere, fa femme, fon oncle & fon beau frere.

Page 61. (n°. 10) Je ne peux pas me refufer au plaifir de tranfcrire l'éloge admirable de Saint Louis, que l'immortel Fenelon nous a laiffé dans une de fes lettres au Duc de Bourgogne. « Enfant de Saint-« Louis, imitez votre pere ... Saint Louis s'eft fanc-« tifié en grand Roi. Il étoit intrépide à la guerre, « décifif dans les confeils, fupérieur aux autres « hommes par la nobleffe de fes fentimens, fans hau-« teur, fans préfomption, fans dureté ; il fuivoit en « tout les véritables intérêts de la Nation, dont il « étoit autant le pere que le Roi ; il voyoit tout de « fes propres yeux dans les affaires principales ; il « étoit appliqué, prévoyant, modéré, droit & ferme « dans les négociations, enforte que les étrangers ne « fe fioient pas moins à lui que fes propres fujets. « Jamais Prince ne fut plus fage pour policer les « peuples, & pour les rendre tout enfemble bons « & heureux. Il aimoit avec tendreffe & confiance « tous ceux qu'il devoit aimer ; mais il étoit ferme « pour corriger ceux qu'il aimoit le plus, quand ils « avoient tort. Il étoit noble & magnifique, felon « les mœurs de fon tems, mais fans fafte & fans « luxe. Sa dépenfe, qui étoit grande, fe faifoit avec « tant d'ordre, qu'elle ne l'empêchoit pas de dégager

« tout fon domaine. Longtems après fa mort, on fe
« fouvenoit encore avec attendriffement de fon règne,
« comme de celui qui devoit fervir de modèle aux
« autres ; on ne parloit que des poids, des mefures,
« des monnoies, des coutumes, des loix, de la police,
« & du règne du bon Roi SAINT LOUIS : on croyoit
« ne pouvoir mieux faire, que de ramener tout à cette
« règle. Soyez l'héritier de fes vertus avant que de
« l'être de fa Couronne.

APPROBATION.

J'AI lu par ordre de Monfeigneur le Chancelier, un
manufcrit qui a pour titre, *Panégyrique de SAINT-LOUIS,
prononcé en préfence de l'Académie Françoife.* L'Auteur
déjà connu très-avantageufement, a fû trouver de
nouvelles richeffes dans un fujet qui femble épuifé.
Il le préfente d'une manière auffi neuve qu'intéref-
fante. Je ne doute pas que la lecture de ce difcours
ne juftifie de plus en plus les applaudiffemens glorieux & extraordinaires que lui a fi juftement décernés
le célèbre Auditoire, devant lequel il a été prononcé.
A Paris le 2 Septembre 1772. RIBALLIER.

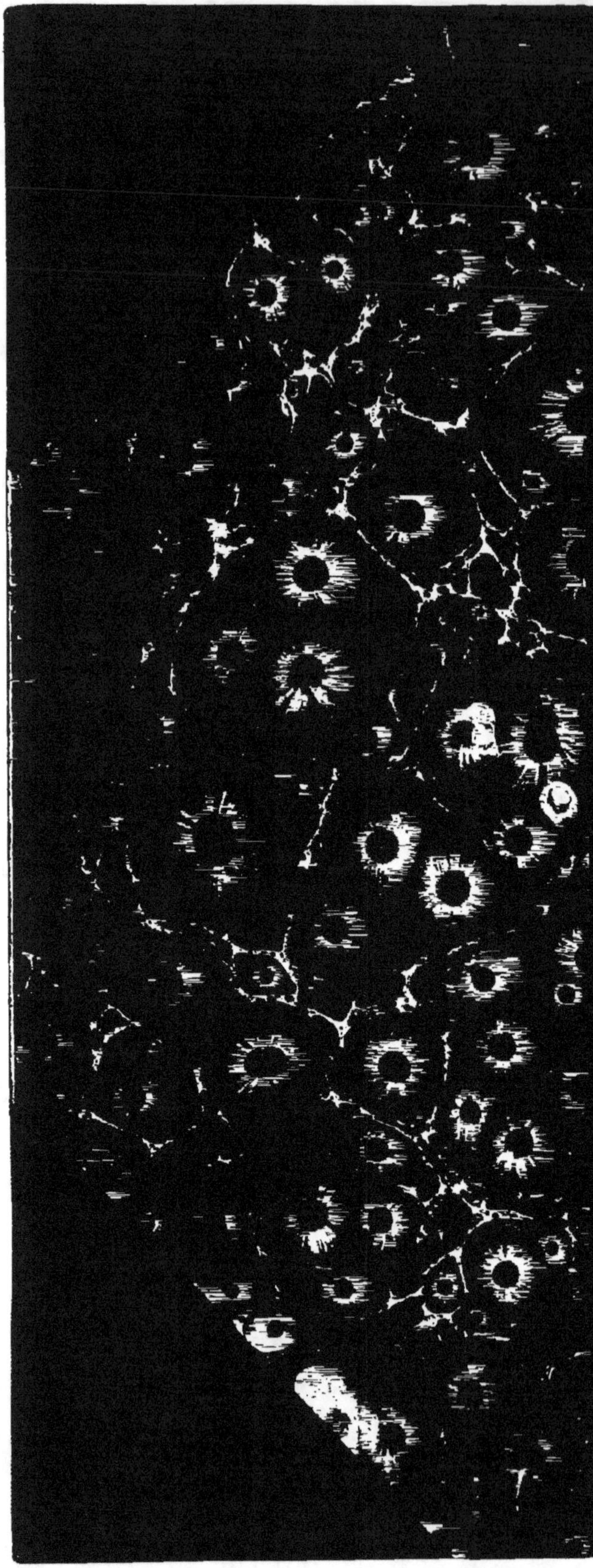

www.ingramcontent.com/pod-product-compliance
Lightning Source LLC
Chambersburg PA
CBHW060842250626
47162CB00005B/2143